니체 인생수업

"그대는 어떻게 인생을 여행할 것인가.
죽기 전에 한번은 꼭 니체를 만나야 한다."

니체 인생수업

니체가 세상에 남긴 66가지 인생지혜

Nietzsche's life lessons

프리드리히 니체 저 | **김지민** 엮음

HIGHEST

일러두기

들어가며

　사회는 점점 혼란스러워지고, 배워야 할 것, 빠르게 흡수해야 할 것은 많아지는 나날입니다. 내 몸과 마음은 하나인데 여러 방향에서 들려오는 목소리에 귀를 기울이느라 피로감은 쌓여만 갑니다. 시간은 빠르게 흘러가고 나이는 들어가는데, 내면에 있는 나는 아직 아이로만 남아있는 것만 같습니다.

　이럴 때마다 선생님이 절실해집니다. 나보다 지혜로운 사람이라면 누구라도 좋으니 나의 고민을 알아주고 도움이 될 만한 이야기를 해주었으면 좋겠다고 생각합니다.

근래에 들어 동서양의 철학이 어느 때보다도 각광받는 이유가 그 때문이 아닐까 합니다. 마음 안팎이 어지럽고 지혜로운 사람들의 도움은 필요하니, 역사적으로 가장 현명하다고 평가되는 사람들의 목소리에 흥미가 가는 것이 당연하지요.

그런 의미에서 프리드리히 니체의 철학은 시사하는 바가 큽니다. 이제는 지난 세기의 인물이 되어버린 그이지만, 그의 철학만큼은 최첨단의 시대에 접목시켜도 손색이 없을 정도로 진보된 메시지를 담고 있습니다.

니체는 당시의 기독교적 도덕이 지나치게 내세적이며 규율에 얽매여 있다고 비판했습니다. 그리고 무엇보다도 중요한 것은 개인의 각성과 진리, 도덕임을 제창했습니다. 그 어느 때보다도 개인화의 속도가 빠르게 진행되는 오늘날, 니체의 철학은 우리가 행복하게 살아갈 수 있게끔 하는 중요한 열쇠가 되어줄지도 모릅니다.

물론 니체의 철학은 그다지 친절하지 않을지도 모릅니다. 거대하고 치밀한 체계를 두고 설계되기보단 다소 감정적이고 짧막한 문장들로 전개되는 시 또는 소설 같은 형태를 띠고 있기 때문입니다. 그러므로 이 책은 현대인들이 그의 철학을 조금이라도 더 간편하고 쉽게 받아들일 수 있도록 현대 시점에 맞게 재해석한 원고도 포함하고 있음을 이 글을 빌려 미리 알립니다.

그의 대표작인 차라투스트라는 이렇게 말했다(Also sprach Zarathustra), 아침놀(Morgenröte), 즐거운 학문(Die fröhliche Wissenschaft), 인간적인 너무나 인간적인(Menschliches, Allzumenschliches) 등의 저서 내용을 읽기 좋은 흐름으로 선정하여 엮었습니다. 부디 이 책을 통해서 더 나은 개인이 되시길, 초인이 되어 승리하게 되시길 진심으로 바라겠습니다.

차례

나는 무엇을 원하는가?

내 영혼은 무엇을 기다리고 있는가?

1장   "개인"

" 자기 자신을
하찮은 사람으로 깎아내리지 말라 "

- 프리드리히 니체 -

■ 현대인의 특징

과거 사람과 현대 사람을 비교해 보자. 과거라고 해서 그렇게 멀리 갈 필요도 없다. 50년 전으로만 거슬러 가도 충분하다. 과거 사람들이 더 바쁜 삶을 살았을까? 현대인들이 더 바쁜 삶을 살고 있을까? 대부분 정답을 맞힐 것이다. 바로 현대인이다.

지금 우리가 살고 있는 세상은 복잡하다. 복잡하다는 말로는 표현할 수 없을 정도로 엉켜있다. 의식주를 유지하기 위한 활동이 전부였던 과거와 다르게 현대인의 삶은 그렇지 않다. 의식주는 물론이고 빠르게 변하는 세상에 적응해야 할 것도 쌓여있다. 직장에서 퇴근하고 나면 자기 자신의 몸 값을 올리기 위한 활동을 추가로 해야 한다. 소셜미디어를 통해 자극적인 정보가 쏟아지고 매일 새로운 것이 탄생하고 사라진다. 이런 사회에서 개인이 가지는 특징 중 하나는 끊임없이 자기 자신의 위치를 찾으려 하는 것이다.

인간은 본능적으로 자신의 존재를 의심한다. 이런 본능에 현대 사회의 양상까지 더해지면 문제가 더 깊어진다. 내가 어떤 사람인지부터 어떤 위치인지, 어떤 능력을 갖췄고 어떤 역할을 해야 하는지까지 의심한다. 때로는 스스로를 낮추려는 경향도 있다. 다른 사람들과 자신을 비교하기 때문에 그럴 수 있다. 혹은 사회가 강요하는 기준에 스스로 부합하지 못한다는 느낌에서 그렇게 행동하기도 한다. 혹은 습관이거나 자기 비하가 겸손이라고 생각하는 탓도 있을 것이다.

그런 태도는 자신의 행동과 사고를 옭아매게 한다. 자신을 깎아내리는 것은 자신의 가치를 인정하지 못하는 행위이며 초인으로 거듭나려는 여정에서 가장 큰 장애물 중 하나다. 수많은 정보와 빠르게 변하는 현대 사회에서 자신만의 목소리를 찾는 게 어려울 수 있다. 타인의 기준에 자신을 맞추려는 생각이 강해질 수 있다. 하지만 진정한 의미에서의 성장과 발전은 자신만의 무언가를 찾는 것이다. 자신을 깎아내리는 것을 멈춰야 한다. 스스로가 진정으로 가치 있는 존재임을 인식해야 한다. 자신의 인생에 주인공은 나 자신이다. 무슨 일을 하더라도 자기 자신을 사랑하는 것부터 시작하라. 지금까지 살면서 아직 아무것도 이루지 못했을지라도 자신을 항상 존귀한 인간으로 사랑하고 존경해야 한다. 그런 태도가 미래를 꿈꾸는 데 있어 가장 강력한 힘으로 작용할 것이다.

" 가장 먼저
나 자신에 대해 알아야 한다 "

- 프리드리히 니체 -

■ 위대해지는 첫걸음

여기에 거대한 기계가 하나 있다. 이 기계는 어쩌면 일순간에 세상을 멸망시킬 수 있을 정도로 무시무시한 잠재력을 지녔다. 이것을 어떻게 사용하느냐에 따라 세계는 천국처럼 밝아질 수도 지옥처럼 어두워질 수도 있다. 당신은 기계 앞에 서 있다. 당신만이 기계를 조작할 수 있다.

하지만 당신이 그 기계의 사용법을 모르는 상태라면 어떨까? 할 수 있는 것과 해야 하는 것, 위험을 초래할 수 있는 것들을 하나도 모르는 상태로 무작정 기계를 가동만 시킨다면? 어떤 참극이 벌어질지 모른다. 사실 꽤 많은 사람에 의해 이러한 가정과 공상은 늘 이어져 왔다. 핵폭발 버튼이 신나게 뛰놀고 있는 어떤 어린아이 앞에 놓여 있다면, 세계는 그 순수하고도 사악한 무지 앞에서 벌벌 떠는 일 말고는 할 수 있는 게 없을 것이다.

당신은 그 기계이다. 그리고 당신과 함께하고 있는 사람 역시 그와 비슷한 하나의 기계이다. 세상을 이루고 있는 개개인은 작지만 거대한 파괴력을 지닌 기계이다. 당신이라는 거인에게는 무엇이든 해낼 가능성이 무궁무진하다. 많은 사람의 생활을 바꿀 수 있고 누군가의 삶 전체를 파괴할 수도 있다. 당신의 선택 하나하나에 따라, 그리고 당신의 미세한 움직임 하나하나에 따라 천국과 지옥이, 즐거움과 절망이 요동친다.

그러니 어쩌면 당신이 가장 중요하게 여겨야 하는 건, 당신이라는 거대한 존재에 대해 온전히 이해하고, 당신이 가야 할 길을 자각하는 일일 것이다.

당신의 길을 명확하게 파악했다면, 당신에게 남은 일은 그 길을 걸어가는 일뿐이다. 당신은 당신을 이해했는가? '나'를 구별하는 일은 오직 '나'에 의해서만 가능하다. 나와 나를 제외한 나머지 세계 전체를 나누는 기준은 내가 나를 알아차렸다는 데에 있다. 그러므로 적절한 분별과 판단을 하지 못하는 것은 범죄 중의 범죄라고 할 수 있을 것이다. 삶에 대한 범죄, 세계에 대한 범죄일 것이다. 그리고 세상에는 죄를 저지르고 있는 사람들의 수가 셀 수도 없이 넘쳐나고 있다.

'나는 나에 대해 얼마나 알고 있는가?'

이 질문이 진리를 탐구하기 위한, 그리고 초월한 내가 되기 위한 첫 번째 발걸음이 되어줄 것이다.

" 바깥으로부터의 어떤 것도 아닌,
내 안의 소리만을 좇아야 한다 "

- 프리드리히 니체 -

■ **평화로운 삶을 위한 고민**

과연 평화로운 삶이란 어떻게 살아야 하는 걸까. 내 주변에 도움이 될 만한 사물과 도움을 주려 하는 사람이 엄청나게 많은 삶이 평화로움에 가까운 삶일까? 아니면 내 주변에는 아무것도 없지만, 내 안으로는 무척 깊이 파고 들어갈 수 있는 삶이 평화로운 삶일까? 삶을 살며 마주하는 수많은 문제를 우리는 어떻게 해결해야 하는 걸까?

인간의 지난 역사들을 되돌아보면, 내가 어떤 문제 속에서 허우적대던 시절에 주변 사람들을 통해서 얻은 선택지와 방법들은 정답이 아닌 경우가 더 많았다. 수많은 자기계발 서적들을 읽는다고 해서 하루아침에 부자 또는 현자가 될 수도 없었다. 때로는 그 정보들이 자신의 상황과 단 하나도 호환되지 않아서 분노한 경험도 있었을 것이다.

하지만 혼자만의 시간을 보내다 보면 비로소 답이 나오곤 했다. 사람은 자주 걷다가 나름의 답을 찾는다. 숱한 고통과 고독, 기다림을 참아낸 끝에 깨닫는 것이다. 나는 그 누구의 요구도 아닌, 나 자신의 요구를 들어줘야 한다는 것을. 그것만이 내 인생의 유일한 성공이라는 진리를.

가능하다면 항상에 가깝도록 내 주변의 세상을 모른 채로 살아가야 한다. 그게 어렵다면 의식적으로라도 나를 세상으로부터 고립시키는 상황을 산책이나 명상과 같은 시간을 통해 확보해야 한다. 그러한 상황을 통해 쓸데없는 걱정과 불필요한 고민에 휩싸이지 않고 수백 년의 세월을 순간처럼 혹은 영원처럼, 마치 시간을 느끼지 못하듯이 살아가야 한다. 날짜도 주변의 유행과 소식도 세상의 소음도 생각하지

23

말고, 오직 내 안의 소리만을 좇아가야 한다.

현명한 당신은 오늘도 당신을 고립시켜 볼 것이다. 그리고 물을 것이다.

나는 무엇을 원하는가?
내 영혼은 무엇을 기다리고 있는가?

" 성장을 원한다면 고뇌는 필수다 "

- 프리드리히 니체 -

■ 어지러움은 처치의 대상인가?

사람들은 보통 '머릿속이 어지럽다'는 말을 들으면, 그 말을 한 당사자를 걱정부터 하고 본다. '너는 내가 아끼는 사람이니까 절대 머리가 어지러우면 안 되는데, 어지러워서 어떡해'라고 말하듯, 그러니까 마치 거대한 불행이 그를 덮치기라도 한 것처럼 측은한 태도를 보이는 것이다.

오늘날의 세상이 그렇다. 여러 이유로 어지러움을 호소하는 사람들은 의식적으로라도 그 무엇도 없고 그 어떤 고민도 하지 않아도 되는 장소와 상황을 찾아 나선다. 조용한 숲이나 해변을 고향처럼 찾아가고 마음을 진정시키는 음악과 향이라면 얼마라도 지불할 수 있을 것처럼 행동한다. 그만큼 그들은 될 수 있다면 고뇌를 없애버리고 싶어 한다. 마음속에 한 티스푼의 고뇌라도 남아 있으면 안 된다고 생각한다.

하지만 나는 종종 생각한다. 어지러운 것은 나쁜 것. 편안한 것은 좋은 것. 세상의 사물과 단어를 좋고 나쁨으로 편 가르는 이분법적인 접근이 삶의 중요한 것들을 버리게끔 종용하고 있다고. 때로는 해로운 편안함이 있는 것처럼, 유익한 어지러움도 있음을 사람들은 간과하고 있다고.

오히려 우리의 삶은 고뇌를 기다리고 있다. 고뇌는 지금까지 우리를 괴롭혔던 것 이상으로 더욱 부지런하게 세상을 들쑤셔야만 한다. 사람들이 좋은 것이라고 착각하고 있는 안락함은 우리 삶의 목표가 아니다. 그것은 반대로 재앙 쪽에 가까운 사건이다. 안락함은 인간을 비웃음거리와 경멸의 대상으로 만들어버린다.

고난이 우리를 얼마나 굳세게 만들 수 있는지를 우리는 너무도 자주 잊는다. 애초에 단 한 번도 그런 생각을 해본 사람 역시 지천으로 널렸다.

멈춰 있길 원한다면 안락함을 찾으면 되지만, 더 나아지길 원하고 행복해지길 원한다면 고뇌하기를 멈춰선 안 된다. 봄의 따뜻하고 적당한 날씨는 철을 단단하게 만들 수 없지만, 끓는 열기와 망치질은 철을 단단하게 만든다. 안락은 나를 강하게 만들지 않지만 고뇌는 나를 강하게 만든다. 수많은 성공한 사람들과 위대한 이들의 일대기에서 시련과 고난, 고뇌라는 말이 얼마나 높은 빈도로 등장했는지를 보면 알 수 있을 것이다.

05

" 우리는 너무 빨리 결정하고 있다 "

- 프리드리히 니체 -

■ 속도와 효율의 함정

현대 사회에서 최우선 가치로 여기는 것이 두 가지 있다. 속도와 효율이다. 이런 가치는 일상뿐만 아니라 업무, 심지어 인간관계에 이르기까지 모든 영역에 지대한 영향을 미친다. 산업혁명 이후로 물건을 만드는 속도는 비약적으로 상승했다. 효율 역시 마찬가지다. 하지만 거기서 그쳤는가? 요즘은 인간관계도 속도전이다. 가치관이 맞지 않는 사람들과 더는 시간을 함께 보내지 않는다. 인간관계 역시 공장에서 물건을 대량 생산하듯 효율성이 중요해지는 것으로 형태가 변형되기 시작한 것이다.

속도를 추구하는 사회의 모습을 잘 보여주는 예시는 무분별하게 배포되는 콘텐츠의 길이다. 예전에는 30분, 1시간짜리 영상도 아무 문제 없이 볼 수 있었다. 지금은 어떤가? 모든 플랫폼에서 서로 다른 이름을 붙여 짧은 영상을 만들어내고 있다. 요즘은 1분짜리 영상도 길게 느껴지는 시대다. 점점 더 많은 사람이 책을 읽지 않는 것도 그 이유 때문이다. 집중할 힘이 없기 때문이다. 모든 콘텐츠는 더 요약하고 더 빠르고 더 짧게 제공된다. 그것들을 소비하느라 집중력은 점점 없어지기 시작한다. 이 두 가지가 만들어내는 현상은 생각보다 깊다. 모든 결정의 속도마저 빨라질 뿐만 아니라 더는 어떤 것도 충분히 생각할 수 없는 지경에 이른다.

모든 게 다 속도전인 사회에서 빠르게 결정하는 것은 효율성을 높이는 것처럼 보일 수 있다. 하지만 그런 결정이 과연 진정한 자신의 결정이라고 말할 수 있을까? 사회적 기대나 순간적 욕망이나, 감정에 의한 선택은 아닐까? 충분한 성찰과 고민 없이 일단 선택하고 보는 건 아닐까? 진정한 의미에서의 자유와 선택은 자기 자신에 대한 깊은 이해와 성찰에서 비롯된다. 그러기 위해선 충분히 생각할 수 있는 힘이 필요하고 어느 정도의 시간이 반드시 확보되어야 한다. 빠르게 결정하는 것이 마치 자율성을 가지는 것처럼 보일 수 있으나 그것은 크나큰 오해다. 어떤 것을 선택하는 속도만 빠른 것이지 그 안에 자기 자신이 없기 때문에 오히려 자율성이 상실된 상태다.

인간이 더는 생각할 수 없다면 그것은 인간이 아니다. 인간은 점차 품위를 상실하고 있다. 빠르게 선택하는 것이 효율적이라는 것은 이 시대를 대표하는 인간성 오류다.

06

" 필요할 때만 이야기하는
인간이 되어야 한다 "

- 프리드리히 니체 -

■ 의미 없는 이야기에 관하여

세상에 의미 없는 이야기들이 너무도 많다. 그리고 그 수
만큼 그 이야기를 퍼 나르는 사람들 역시 많다. 최소한 자신
에 관한 이야기라면 일단 들어보기라도 하겠지만 아무런 관
계도 없을 것 같은 먼 이야기만 넘쳐난다. 어디에서 무슨 물
건이 큰 인기를 얻고 있다는 이야기, 다른 어딘가에선 누구
와 누가 만나서 어떤 일을 했다는 이야기처럼 가십거리들뿐
이다. 신문 기사와 뉴스, 잡지를 도배한 진위가 불분명한 이
야기를 볼 때마다 의문이 생긴다. 저들에겐 남들보다 많은

시간이 허락된 것인가? 저런 이야기들에 시간을 소비할 수 있을 만큼 많은 시간을 보장받기라도 한 것인가?

그런 이야기들은 소음공해나 안 좋은 대기질처럼 우리를 괴롭게만 만들 뿐이다. 이번 한 번만 더 들어보자는 마음으로 그쪽으로 귀를 기울여 봐도 당연하게도 이야기가 흘러가는 양상은 똑같았다. '그래서 어떻게 됐지?'라고 결론을 물어도 달라지는 것은 없다. 결국 그들이 하는 대답에는 그 어떤 결론도 들어 있지 않았으니까.

"모르겠는데?"
"내 이야기가 아니라 모르겠어."
"아마 그랬지 않았을까?"

그때마다 대화에 참여했던 우리는 거대한 허무함에 휩싸인다. 이야기의 결론이나 담고 있는 메시지를 그 누구도 모른다면, 이 지루한 대화를 하느라 소모된 나의 에너지와 시간과 인내는 과연 무엇을 위한 것이었나? 그 손실을 누가 보상해 주는가? 없다. 어디에도 없다. 이런 상황을 겪는 것에는 좀처럼 익숙해지질 않아서, 사람에 따라서 격한 분노까지 표출하기도 한다.

인간은 침묵해선 안 되는 순간에만 이야기해야 한다. 당연히 말처럼 쉬운 일은 아니겠지만, 모쪼록 그러려고 애써야 한다. 그때 하는 말이야말로 진정한 폭발력을 지니기 때문이다. 그리고 나아가서는 자신이 극복해 낸 사건만을 이야기해야 한다. 그때 하는 말이야말로 진정한 공감을 얻을 것이다.

장담하건대, 그 밖의 것은 모두 쓸데없는 이야기일 뿐이다. 사람들은 가끔 시간과 에너지가 무한하다고 믿는 것 같다.

07

" 책장을 넘기는 데 만족하지 말라 "

- 프리드리히 니체 -

■ 지식의 내면화

"지식을 어떻게 내면화할 수 있는가?"

"그 지식이 우리의 삶에 어떤 의미를 가지는가?"

사람들은 때때로 속도와 양으로 측정하고는 한다. 정보의 홍수 속에서 새로운 지식을 끊임없이 소비하는 것에 익숙하기 때문이다. 그럴 때일수록 스스로에게 질문을 던져야 한다. 단순히 책장만 넘기는 것은 아무 의미가 없다. 그렇게 읽은 책은 100권이 되어도 무의미하다. 그저 양만 늘어나고 책을 읽는 속도만 빨라질 뿐이다. 책장을 넘기는 것은 행위일 뿐이고 생각하는 것이 진정한 대답이다. 책을 읽는 행위는 단순히 정보의 소비에서 그치는 것이 아니라 개인 성찰의 기회가 되어야 한다. 습득한 지식을 우리 삶에 어떻게 적용할 수 있을지, 그리고 그것이 나를 어떻게 변화시킬 수 있는지 충분한 사유가 필요하다.

책뿐만 아니라 사회의 발전만큼 다양해진 정보 역시 똑같다. 모든 것을 무분별하게 수용하는 것을 특히 주의해야한다. 어떤 사람이 아무리 유용한 정보를 말했다고 한들 그것이 나에겐 별 의미가 없는 것일 수도 있다. 혹은 그 사람이 잘못 알고 정보를 소개한 것일 수도 있다. 스스로에게 질문을 던지고 주어진 답변에 의문을 가지는 것이 자기 자신을 탐구하는 길의 시작이다. 무분별한 수용을 버리고 이 과정을 택한다면 단순한 정보를 얻는 것이 아니라 자신의 생각과 신념을 형성할 수 있다. 그렇게 형성된 신념과 생각은 삶의 방향을 결정짓는 중요한 단서가 된다. 지식은 단순히 머리로 이해하는 것이 아니라 마음으로 느끼고 충분히 사유하며 자신의 삶에서 실천할 때 진정한 가치를 가진다. 겉에서 맴돌고 있는 지식을 내면화 시키는 유일한 방법은 사유와 자기반성뿐이다. 내면화된 지식만이 나를 발전시키고 변화시킨다. 그렇기에, 변화시키고 발전시킨 지식만이 내면화될 뿐이다.

08

" 아래만 내려다보는 인간은 어리석은 인간이다 "

- 프리드리히 니체 -

■ 시야 설정의 중요성

어떤 인간은 산의 정상에서 아래만 내려다본다. 그들은 마치 이 산이 세계에서 유일한 산인 것처럼 굴고 이 산을 오르는 것이 자기 삶의 일생일대의 목표였다는 듯이 군다. 한 번 이곳에 도달했으니, 영원히 그곳에 머물기라도 할 것처럼 아래만 응시하고 있는 것이다. 하지만 그도 이내 차가운 현실과 조우한다. 어딘가엔 또 다른(어쩌면 이 산보다도 훨씬 높은) 산이 있음을 인정하고 산에서 내려가고, 언젠가 또 다른 산을 오를 준비를 해야 함을 인정해야 하는 것이다.

그는 동시에 후회한다. 정상에 다다랐을 때 아래만 보기보단 멀리 보기도 하고 한결 가까워진 하늘을 올려다보기도 하면 얼마나 좋았을까? 그러면 이 경험이 더 값지지 않았을까?

삶을 사는 것 역시 마찬가지다. 우리의 삶은 크고 작은 성취들로 이루어져 있다. 어떤 성취는 커다란 노력을 들여 이뤄낸 성취였으므로 의미가 있고 또 다른 성취는 지금의 내위치를 만들어 줬기에 의미가 있을 것이다.

하지만 그 성취에 묶여 지나온 길만 응시하는 것과 앞으로의 미래를 님어다보는 것은 다른 이야기다. 지금의 상황에 안주하고 더 높은 가치나 목표를 추구하지 않는다면, 당신은 언젠가 반드시 암울한 전망이나 끔찍한 권태를 맞이할 수밖에 없을 것이다. 힘들게 올라온 곳에서 아래만 보는 것, 지나온 길만 보는 것은 아무런 의미도 영양가도 없다. 거기에 미래에 관한 청사진이 되어줄 만한 것은 더더욱 없다.

이상은 과거가 아닌 미래에 있다. 이상은 지나온 길이 아닌 앞으로의 길에 있으며 그것은 앞으로도 영원히 나의 앞에만 있을 것이다. 그러니 우리는 발밑이 아닌 저 멀리를, 아래가 아닌 위를 보며 살아가야 하는 것이다.

진정한 지혜와 이해는 다양한 관점과 경험에서 비롯된다. 자신의 성취에 만족하며 그것만을 바라보는 태도는 성장과 발전을 제한한다. 여러 각도와 위치에서 세상을 경험하고 이해하는 것이 중요하다. 그를 통해 당신은 당신만의 독특한 가치를 발전시키고 더 넓은 시야로 세상과 자신을 바라볼 수 있게 될 것이다.

09

" 가난을 자랑하는 인간 역시
어리석은 인간이다 "

- 프리드리히 니체 -

■ 잘못된 자기확신의 예

여기에 또 다른 어리석은 사람들이 있다. 바로 자신이 부자가 될 수 없다는 점을 깨닫고는 이내 가난을 자랑하기 시작하는 사람들이다.

그들은 말 그대로 자랑이라도 하듯이 자신의 가난을 적극적으로 주변에 알린다. 이는 부자가 되는 것이 어려운 일이고, 그렇기 때문에 부자가 아니라는 사실을 자기 정체성의 일부로 받아들이기 시작한다는 것을 의미한다. 이러한 자기확신을 통해 종종 가난과 결여를 자랑하거나 옹호하는 자아

방어 기제가 작용하는 것이다.

　가난한 현실을 직면하는 경험은 차가운 경험이고 반가워하기보단 피하고 싶은 경험이기에, 가난이 자기 확신이 되어선 안 된다. 좋을 일이 하나도 없다. 확신은 닫힌 문과 같아서, 문 안쪽의 것들만을 보게 하는 동시에 문 바깥의 것들을 만날 수 있는 확률을 0으로 만들어버린다. 즉, '나는 부자가 될 수 없다'라고 자기 확신을 하는 순간, 조금이라도 남아있었을지 모를 부자가 될 가능성이 비로소 말끔히 사라져버리고 마는 것이다.

　물론 '부자가 될 수 있는 가능성' 측면을 벗어난다 해도 이는 옳지 않은 선택이다. 가난을 자랑하거나 옹호하는 것이 자기 확신을 위한 적절한 수단이 아닌 이유는 애초에 판단 기준을 잘못 선정한 탓도 크다. 우리는 부자나 가난이 아니라 개인의 특성과 노력, 그리고 가치에 따라 사람들과 스스로를 평가해야 하기 때문이다. 돈은 개인의 내면을 이루는 자산이 아니라 표면을 맴돌고 있는 자산이다, 그 말인즉슨, 자신의 노력 여하나 실수와는 상관없이 행운과 천재지변 등에 의해서도 하루아침에 급격하게 많아지거나 적어질 수도 있는 자산이라는 말이 된다. 그러므로 사람의 영향이 온전히 미치지 않는 요소를 갖고 사람을 평가한다는 것은 도무지 납득할 수가 없는 일이 되는 것이다.

돈은 사실 아무것도 아닐 수 있다. 사람에 따라 전부가 될 수도 있지만, 다른 누군가에게는 일정 가치를 지닌 수단 그 이상도 이하도 아닐 수 있다는 말이다.

앞으로도 당신은 많은 것의 가치를 판단하며 지내겠지만, 그래도 이것만은 꼭 기억했으면 한다. 잘못된 기준으로 판단하는 것, 그 판단에 따라 너무도 쉽게 확신하는 것만큼 어리석고 위험한 일도 없다는 사실을.

10

" 비관적일수록 낙관하라 "

- 프리드리히 니체 -

■ 말투 하나 바꿨을 뿐인데

"사기를 당하고 말았어. 인생 공부 한 번 크게 했네."

"일이 제대로 안 풀렸어. 나중에 더 잘 되려고 이러나 봐."

가끔 이런 화법으로 말하는 사람을 볼 수 있다. 그들은 대수롭지 않게 우울한 소식을 전한다. 때로는 비보 안에 유머를 녹이기까지 한다. 그 이야기를 들은 사람들은 의아해한다. 불행한 소식을 어떻게 이렇게 행복한 소식처럼 말할 수 있지? 이상한 사람 아니야?

하지만 확신하건대, 그런 사람들이 오히려 더 진취적이고 미래를 자세하게 고민하고 있는 사람일 확률이 높다. 자신과 자기 주변의 미래를 생각하는 사람은 말과 분위기의 파괴력을 잘 알고 있기 때문이다. 동일한 소식을 반대로 굉장히 비관적이고 암울한 태도로 전달했을 때의 분위기를 상상해 보면 이해가 쉽다. 우울한 말투로 인해 전체적으로 한 번 가라앉은 분위기는 다시 건강해지기가 좀처럼 어려울 것이다.

감정은 고체보단 액체나 기체에 가까운 기질을 지녔다. 어느 한 곳에 안정적으로 머물러 있기보단 주변에 전이되고 확산되기가 쉽다는 뜻이다. 그러므로 우울한 소식을 우울한 표정과 말투로 전달하면 그 자리에서 그 감정은 급속도로 전이되고 더 커지기만 한다. 그렇게까지 반응할 것도 아닌데 더 많은 사람이 더 슬퍼하기도 한다. 우울은 점점 더 커지고 많아지며, 그 흐름은 이내 다시 전달자인 자신을 한 번 더 집어삼킨다. 결국 이러한 대화의 상황 안에서는 득을 보는 사람도 무사한 사람도 없다.

반면 긍정적인 감정이 전이된다면 어떨까? 비록 좋지 않은 일이 일어났다고 해도 그를 대수롭지 않게 여기겠다는 마음가짐, 다음에는 더 좋은 일이 올 거라는 희망을 품으면, 그 좋지 않은 일은 오히려 그들이 더 씩씩하게 앞으로 나아갈 수 있게끔 돕는 기폭제가 되어줄 것이다.

삶이란 항상 쾌락과 만족으로 가득 차 있는 것이 아니다. 종종 우울하고 어려운 순간들을 반드시 포함한다. 따라서 우리는 위의 사람처럼 말을 할 때든 일을 할 때든 일상을 살아낼 때든 우울한 상황이나 어려움에 대해 긍정적인 태도를 취하는 것이 좋다.

우울하거나 어려운 상황에 처했을 때에도 인간은 자신의 삶을 긍정적으로 대처할 수 있다고 믿는다. 우울함과 어려움을 통해 인간은 더 강해지고 자아를 발견하며, 삶을 보다 의미 있게 살아갈 수 있게 된다. 따라서 우리는 앞으로도 어려운 상황에 처했을 때 우울함에 빠지거나 자신을 포기하기보단, 오히려 긍정적인 에너지를 발산하며 삶을 즐기고 성장해야 할 것이다. 세상의 거의 모든 일은 마음에 달려 있으니까.

11

" 당신만의 유일한 능력을 찾아라 "

- 프리드리히 니체 -

■ 인생과 싸워 이길 무기를 얻는 법

삶은 전쟁이다. 여기저기서 전투가 난무한다. 중요한 재화가 한정적이라면 그를 두고 어제의 이웃이었던 사람과도 뺏고 빼앗는 싸움을 벌이기도 하며, 겉으로는 보이지 않더라도 자신이 지닌 재능과 노력을 통해 앞을 가로막는 현실의 장벽들을 깨부수는 일들 또한 살아있는 한 계속된다.

그만큼 삶이란 과격하므로 우리에겐 전쟁으로부터 살아남을 만한 무기가 필요하다. 그 무기는 사람에 따라 화법이 될 수도 있고 악기를 연주하는 능력이 될 수도 있다. 타고난 운동 능력이 될 수도 있으며 타인의 이야기에 공감을 잘하는 마음씨 같은 것이 될 수도 있다. 사람들은 그렇게 자신에게 주어진 능력 한 가지를 잘 갈고닦아 물질적으로 막대한 성공을 거두거나 자신의 삶을 안정적으로 만드는 데에 사용한다.

능력을 발견하고 개발하는 일이 그토록 중요하다 보니 조급하게 능력에 집착한다. '아니다 싶으면 얼른 포기하고 자기 살길을 다시 찾으라'고 말하는 사회의 분위기도 이러한 인식에 기반을 두었다고 할 수 있다. 하지만 조금 안타까운 건, 한 개인이 자기 행복의 방법을 찾는 데에 도움을 줘야 하는 학교에서조차, 그러니까 청소년들에게조차 이러한 생각을 강제로 주입하고 있다는 점이다.

모든 인간이 20대가 되기 전에 무조건적으로 자기만의 타고난 능력 하나를 발견한다면야 좋겠지만, 인생은 게임처럼 단순하고 천편일률적으로만 흘러가는 것이 아니다. 자신의 능력이 어디에서 발현될지는 아무도 모르는 일이며, 그것을 언제 찾을 수 있을지, 내가 스스로 찾아낼 것인지 다른 누가 알아봐 줄 것인지도 절대 알 수 없다.

그러므로 안타까운 것이다. 청소년과 청년들에게 '너는 이쪽에는 재능이 없다'라고 말하거나 '빨리 다른 길을 찾아봐라'라고 쉽게 말할 수 있을 만큼, 한 개인의 미래를 예단할 자격이 과연 누구에게 있단 말인가? 노벨 문학상을 수상한 버나드 쇼는 마흔이 넘어서야 자신의 첫 번째 희곡을 썼고 찰스 다윈의 대표작 〈종의 기원〉은 그의 나이 쉰에 출간했다. 만약 그들이 자신의 결정이 아닌 외부의 압력에 의해 그들의 일을 그만두거나 작업 방향을 바꾸었다면, 과연 그러한 역사적인 작업들이 세상에 공개될 수 있었을까? 아마 아니었을 것이다.

누구에게나 한 가지의 능력은 있고 그 능력은 오직 그만의 것이다. 그것을 일찍 깨달으면 일찍 성공하기도 하지만 평생 모르고 살아가는 사람도 있다. 하지만 틀림없는 사실은, 빠른 포기를 종용하는 사회 시스템에 굴복하지 말고 씩씩하고 과감하게 그리고 꾸준히 도전을 이어간다면 그는 반드시 자기만의 능력을 찾게 될 것이다. 그리고 그러한 과정

을 거친 사람만이 훗날 위대한 사람, 초인으로 칭송받을 것
이다.

12

" 친구보다 먼저 자신을 사랑하라 "

- 프리드리히 니체 -

■ 관계 집착에 관하여

사람마다 사람을 사귀는 양상은 다 다르겠지만, 그중 유난히 눈에 띄는 유형들이 있다. 바로 극난석으로 사람을 멀리하는 사람과 반대로 극단적으로 번잡하게 관계를 맺는 사람들이 그렇다. 이번엔 관계에 과도하게 몰두하는 사람들을 다뤄볼까 한다.

관계가 삶의 거의 전부인 것처럼 구는 사람들은 표면적으로는 건강해 보인다. 취미도 다양하고 이곳저곳을 부지런히 움직이고 자주 말하고 자주 웃는다. 충분한 사랑을 주고 있고 또 받고 있는 것처럼 보인다.

하지만 조금만 더 통찰력 있는 시선으로 그들을 바라보면, 그들은 어째선지 불안하고 위태로워 보인다. 마치 겉으로 보기엔 평화롭게 물 위에 떠 있는 듯 보이지만, 수면 아래에서는 발을 분주하게 움직이는 철새를 떠올리게끔 한다. 그들은 관계를 유지하기 위해 너무도 많은 것을 희생하곤 한다. 적지 않은 가치들을 가까이 두고 싶은 사람이라는 이유로 소비하고, 상황에 따라서는 나의 마음보다 상대방의 마음을 더 신경 써서 거짓된 표정을 짓기까지 하니까. 그렇게 그들은 항상 친구가 필요해 보인다. 가능한 많은 친구가. 그렇지 않으면 금방이라도 울 것처럼 초조해한다.

왜 그렇게까지 관계에 집착하는 걸까? 단순하다. 그저 영혼이 고독해서 그렇다. 그리고 그 고독의 원인은 자신의 안에 다른 것은 다 있어도 정작 '자신'은 없기 때문이다. 내 안에 내가 충만하지 않으니 나를 닮은 다른 사람들을 무리해서라도 주변에 끌어들여 함께하려고 하는 것이다. 하지만 알아둬야 할 것은, 아무리 외부에서 많은 친구를 사귄다고 해도 안에 있는 고독은 해소되지 않는다는 점이다. '밑 빠진

독에 물 붓기'라는 말이 이만큼이나 잘 들어맞는 상황이 있을까?

그러므로 진정으로 위태롭지 않은 삶을 살기 위해선, 친구를 원하기 전에 자신부터 사랑할 줄 알아야 한다. 내 안에 나를 충만하게 채워둔 뒤, 사람을 만나는 게 옳은 순서다. 그런 상태에서 맺는 관계야말로 비로소 과하지도 덜하지도 않은 건강한 모양을 갖출 것이다.

일단은 자신만의 힘으로 살아봐라. 혼자서 무엇이든 해봐라. 곧 마음은 상해지고 고독은 사라질 테니.

13

" 일만큼 좋은 일도 없다 "

- 프리드리히 니체 -

■ 노동의 신성함

오늘 혹은 가까운 과거에, 이 글을 읽고 있는 당신도 이렇게 말한 적이 있을 것이다.

"일 하기 싫다."

"지긋지긋한 일상, 벗어나고 싶어."

사실 이건 유구한 전통을 지닌 인류의 아주 오래된 말버릇이다. 십 년이 아닌 백 년 전에도 사람들은 일하기 싫어했으며, 심지어 피라미드를 건설했던 고대의 노동자들도 너무 일하러 나가기 싫은 날에는 꾀병을 부려가며 출근을 피했다.

하지만 어떤 흐름 탓인지는 몰라도(아마 매체 발달의 영향이 크겠지만), 요즘에 들어서는 그러한 풍조가 더 도드라지게 된 것 같다. '현생으로부터 벗어나야 한다'는 말을 요즘 사람들은 너무도 쉽게 내뱉는다. 과도한 업무도, 하루에 몇 번씩 충돌하는 인간관계로부터 기인한 스트레스도, 온몸이 뻐근해지는 건강적인 이슈들도 다 이해한다지만, 그렇다고 해서 일이 전혀 없는 곳에 간다면 과연 그 사람이 행복해지는 걸까? 당신의 직장이 하루아침에 사라져 버린다든가, 출근한 당신에게 '아무것도 하지 말고 가만히 있으라'고 동료들이 말한다면, 당신은 진심에서 우러난 미소를 지을 수 있을까?

아마 아닐 것이다. 대충 헤아려 봐도 나가야 할 돈이 한두 푼이 아니라는 생각부터 들 것이며, 누구도 일을 시키지 않는 상황에서는 내가 정말로 이 세상에 있어도 될지, 존재의 자격과 자신의 쓸모를 의심하게 될지도 모른다.

너무 과도하다면야 물론 해롭겠지만, 본디 일이란 좋은

것이다. 직업은 우리의 생활을 말 그대로 '지탱'해준다. 지탱
해주는 것이 없으면 건물이든 무엇이든 금방 무너지기 마련
이다. 삶도 마찬가지다. 일과 직업이 없이 꾸역꾸역 버티면
서 어떻게 산다고 하더라도 그게 안정적인 모양새이기는 어
려울 것이다.

누구든 가난에 물들기 시작하면 헛된 생각을 한다. 도박
에 빠지게 된다거나 노동 없이 돈을 손에 넣을 수 있는 사악
한 행위들에 손을 대기도 하는 것이다. 건강한 노동은 헛된
생각을 하지 않게 하고 사악한 일로부터 우리를 멀리 둘 수
있게끔 돕는다.

나를 악으로부터 지켜주고 휴식을 더욱 달콤하게 만들어
주며 삶 주변을 풍요롭게 가꿔줄 만한 보수 역시 손에 쥐여
주는 것이 바로 일임을 이제 당신은 안다. 그래도 일로부터
무작정 벗어나고 싶은가? 나는 당신의 생각이 그다지 현명
하게 느껴지지 않는다.

14

" 비난하다 보면
늘 나를 드러내게 된다 "

- 프리드리히 니체 -

■ 올바른 비판의 방법

딩신은 누군가가 마음에 늘지 않는다. 마음에 들지 않는 이유는 그냥 그 사람 자체가 싫어서일 수도, 그 사람의 말과 행동하는 방식이 잘못되어서일 수도 있다. 당신은 참다못해 그 사람에게 말을 꺼낸다. 처음에는 조곤조곤 필요한 말만을 건네지만, 말하다 보니 점점 감정이 격앙되어 목소리도 몸짓도 커져 버리고 만다. 그리고 모든 말을 다 건넨 뒤에 주변을 둘러보니, 사람들은 어째선지 그 사람이 아닌 내게 경멸의 시선을 보내고 있다.

남을 비난할수록 내가 미운 사람이 되는 역설이 있다. 내 생각대로라면 분명 그 사람이 징벌을 받고 내가 비난이라는 징벌을 내렸으니, 나는 분명 사람들로부터 칭찬받고 존경 가득한 시선을 받아야 할 텐데, 생각과는 반대로 나마저도 나쁜 사람이 되어버리는 것이다.

어째서일까. 타인을 향한 과한 비난은 나의 가장 추한 부분을 드러내기 때문이다.

사람의 내면에는 악이 조금씩 있다. 그리고 사람의 감정에는 가속도가 붙기가 쉬워, 그것이 좋은 감정이든 나쁜 감정이든 주체할 수 없이 빠르게 진행되는 순간이 반드시 온다. 타인을 벌하겠다는 생각을 넘어서 그를 파괴해 버리겠다는 악한 감정이 드러나기 시작하면, 그러한 감정 역시 가속되어 필요 이상으로 추악하고 폭력적인 모습을 무심결에 보여주게 된다.

그러므로 누군가가 비판받을 만한 행실을 보인다고 해서 바로 그에게 본심을 퍼붓기보단, 몇 번 깊은 호흡을 가져오며 성숙한 표현의 방법을 고민해야 할 것이다. 상대방을 향한 좋지 않은 감정이 혹여라도 가속되어 폭력성을 띠지 않도록, 필요한 수준까지만 담백하게 타이를 수 있도록 올바른 단어와 어투를 골라보는 시간을 가져야 할 것이다. 그렇게 마음과 표현을 절제하는 습관을 들이고 나면, 의견은 피력하되 품격은 잃지 않는 사람이 될 수 있을 테니까.

15

" 두려움의 대상을
사랑해볼 것 "

- 프리드리히 니체 -

■ 시작하는 일의 천재가 되는 법

시대가 빠르게 흐름과 함께 사회는 점점 복잡해지고 사회를 구성하는 가치 역시 점점 다양해지고 있다. 한때는 농사를 잘 짓고 그를 통해 얻은 재화들로 가족을 이끌어가는 것, 자기 후손 역시 그럴 수 있도록 열심히 생활을 유지하는 것이 한 사회의 구성원으로서 할 수 있는 거의 유일한 일이었지만, 이제는 할 수 있는 일도 공부해야 하는 것도 곱절로 많아졌다. 그것은 다르게 말하면 잘 살 수 있는 기회, 성공할 수 있는 기회가 더 다양해졌다는 뜻이 된다. 그야말로 기회의 시대가 열린 것이다.

하지만 기회가 많아졌다고 해서 모두가 똑같이 성공을 거두는 것은 아니었다. 기회는 단지 주어지기만 할 뿐, 그것을 움켜쥐는 것은 결국 해내고자 하는 의지가 있는 사람이었다. 그들은 앞에서 도사리고 있는 것이 무엇이든, 그것이 단 한 번도 접해본 적 없는 도전이거나 위험해 보이는 일이더라도 주저하지 않고 그것을 향해 달려들곤 한다. 그렇게 남들은 도저히 다가가지 못하는 것을 향해서도 성큼성큼 다가가, 막대한 성공과 존경을 손에 넣는다. 사람들은 그 모습을 가만히 지켜보다가 그를 따라 우르르 몰려가지만, 그다지 만족스러운 것을 손에 넣지는 못한다. 원래 커다란 영광과 보상은 미지의 영역에 처음 발을 딛은 자의 것이니까.

일도 많고 기회도 넘쳐나는 시대가 되면서 과감함은 점점 더 강력한 매력으로 취급받기 시작했다. 그리고 타고난 매력이나 능력은 어쩔 수 없다고 하더라도 과감함은 후천적으로 손에 넣을 수 있을 것만 같다. 그렇다면 과연 우리는 어떻게 해야 조금이라도 더 과감한 사람이 될 수 있을까? 어떻게 하면 추진력 있는 삶을 살아낼 수 있는 걸까?

시작하는 일의 천재가 되는 방법은 의외로 간단하다. 바로 넓은 사랑을 갖고 맞서는 것이다. 눈앞에 있는 것이 무엇이 됐든, 그것을 사랑하고자 하면 마음속에서 많은 화학반응이 일어나기 시작한다. 사랑은 사전적인 의미 그대로 '어떤 사물이나 대상을 아끼고 소중히 여기거나 즐기는 마음. 또는 그런 일'이기에, 새로움으로부터 오는 주저함과 두려움을 자연스레 이겨내게 되는 것이다.

마주하고 있는 새로운 무언가로부터 꺼려지는 면, 마음에 들지 않는 점, 오해나 시시한 부분들을 보게 된다고 해도 최대한 즉시 잊으려 해보자. 대신 그 모든 것을 받아들이고 천천히 지켜보려 애써보자. 그러면 곧 그 주변에 무엇이 있고 무엇이 중요한지를 알게 될 것이다.

직면해보지도 않았으면서 그것이 좋은지 나쁜지를 어떻게 알겠는가? 사랑에 빠져보자. 바다에 몸을 던지듯 뛰어들어서 수면 아래까지 모든 것을 두 눈으로 똑똑히 바라보자.

16

" 사랑은 사람을 성장시킨다 "

- 프리드리히 니체 -

■ 사랑 없이는 삶도 없는 이유

사랑에는 많은 이점이 있다. 사랑이 가져다주는 설렘은 일말의 해로움도 없이 삶에 활기를 불어넣어 주며, 힘듦을 의지할 사람과 즐거움 배로 나눌 사람이 생겼다는 기쁨 역시 사랑이 가져다주는 이점 중 하나다.

하지만 그것들보다도 가장 커다란 이점이 있다. 바로 나로 하여금 더 나은 사람이 되고 싶게끔 한다는 것.

누군가가 마음속에 깊이 들어오면 행복감도 생기지만 동시에 두려움도 함께 생긴다. 그 두려움은 내가 사랑해 마지않는 이 사람이 나의 어떤 부분에는 실망을 할지 모르는데,

그 부분을 혹시라도 하루아침에 들켜버릴까 하는 두려움이다. 그러면 사랑의 당사자는 고민하기 시작한다. 이 두려움 때문에 사랑을 그만둘 것인가, 아니면 이것을 들키지 않기 위해 노력할 것인가.

대부분은 당장의 사랑이 너무도 달콤하기에 후자를 택한다. 그때부터 그의 내면에서는 자신의 결점을 숨기기 위한 전쟁이 벌어진다. 그 사람에게 자신의 단점을 들켜 상처를 주지 않으려, 나아가 가능만 하다면 그것들을 처음부터 없었던 것들로 만들어버리려 자신의 장점으로 그러한 결점을 덮어버리거나 없애버린다.

그런 과정을 겪는 동안 그의 마음은 크나큰 지각변동을 겪지만, 겉으로 보기엔 더없이 평온해 보일지 모른다. 그저 사람에 따라 '전보다 조금 더 성숙해진 것 같다' 정도로만 생각할 뿐이다.

사람은 그렇게 사랑을 통해 더 나은 사람이 되기도 한다. 그리곤 살과 뼈를 깎는 고통을 통해서만 발전을 이루는 게 아니라는 깨달음을 얻는 순간, 그는 더더욱 사랑이라는 감정을 찬미하게 될 것이다.

그저 홀로 강해져야 할 뿐,

나의 고통은 내 몫으로 온전히 주어진 것이니

묵묵하게 이겨내야만 할 뿐이다.

2장   "세계"

17

" 진보를 위해 혼자가 되어라 "

- 프리드리히 니체 -

■ 이웃이라는 독

이웃의 정의는 가까이 사는 집 또는 그런 사람을 말한다. 하지만 시대에 따라 그 가까움의 기준은 들쭉날쭉해져서, 언젠가부터 이웃은 물리적으로 가까운 사람만을 말하기도 말하기도 했다가 심리적으로 가깝기만 해도 이웃으로 부르기도 했다.

이웃이 지니는 의미 역시 시대에 따라 달라졌다. 마치 친구나 가족과 같이 진심으로 서로를 위해주는 선량한 이웃의 시대도 있었지만, 오늘날 대부분의 이웃 관계는 사실 자신의 필요를 충족시키기 위해 맺어지곤 한다. 오늘날의 사람들은 이웃끼리(꼭 같은 동네가 아니더라도 같은 유대감을 나누는 사람들끼리) 모여들어 이웃 사이의 관계 자체를 숭배하는 모양새를 띤다. 나와 당신이 아닌 우리라는 관계로 이어져 있다는 데에 열광하고 있는 것이다.

자신에 대한 비뚤어진 사랑 때문이다. 사람들은 자신에 관해 좋게 말하고 싶으면 가장 먼저 증인이 되어줄 사람부터 초대한다. 그리고 그를 꾀어내 자신에 대해 좋게 생각하도록 해놓고는 자신 역시 스스로 자기 자신에 대해 좋게 생각하기 시작한다. 총체적인 거짓말의 향연이 벌어지는 것이다.

이렇게나 비효율적이고도 어리석을 수가 있을까. 상대방에게 자기평가의 권한을 넘기는 것은 자신의 가치를 스스로 버리는 행위인 동시에 시간과 에너지가 낭비되는 결과를 초래한다. 내가 나를 내세우면 될 것을 왜 그렇게까지 번거롭게 하는가.

그러한 자신에 대한 질 나쁜 사랑은 고독을 감옥으로 만들어버릴 뿐이다. 그런 흐름에 빠진 사람은 자신에 관해 인내하지도 또 자신을 충분히 사랑하지도 않는다. 그러니 올바른 삶과 점점 나아지는 미래를 내 것으로 만들기 위해선, 이제는 이웃이 아니라 자기 자신부터 사랑해야 한다.

자신의 힘만으로 무언가에 온전히 열중해야 한다. 내 의지와 힘만으로 높은 곳을 향해 움직여야 한다. 분명 그런 과정에는 고통과 불안이 따를 것이다. 그러나 그것은 나를 더 강하게 만들어주는 고통이다. 진보를 위해 혼자가 되어라. 단 한 걸음도 타협하지 말라. 잊지 말라. 역사에 남은 초월자들은 언제나 독립적이었다는 것을.

18

" 행동만을 약속해라 "

- 프리드리히 니체 -

■ 책임감 있는 약속의 방법

대부분 사람에게 약속은 스스로에게 가하는 폭력이 된다. 섣부른 약속과 지켜지지 않는 약속은 언제나 실망을 낳고 실망은 때때로 관계의 종말을 불러오기 때문이다. 그런 재앙이 벌어질 때마다 그들은 '그런 약속은 하지 말걸'이라 혼잣말하며 늦은 후회를 한다.

반면 약속을 잘 지키는 사람도 있다. 그들은 약속한 것은 반드시 지키기에 언제나 신임받고 주변에 그를 좋아하는 사람이 끊이지 않는다. 사람인지라 당연히 실수할 수도 있고 개인의 능력에도 한계가 있을 텐데, 그들은 어떻게 거의 모든 약속을 완벽하게 지킬 수 있는 걸까?

그건 사실 그들에게 남다른 추진력이 있다거나 약속을 지킬 시간이 많다거나 유능하다거나 해서가 아니다. 단지 약속의 대상을 제대로 설정해두기 때문이다. 그들은 무엇무엇을 '하겠다'는 약속은 흔쾌히 하지만, 무엇무엇을 '좋아하겠다'는 약속은 웬만해선 하지 않는다. 행동은 약속할 수 있지만 감정은 약속할 수 없다는 것을 알기 때문이다.

감정이라는 것은 변덕스럽기 때문에 때에 따라서는 지킬 수 없다는 것을 많은 사람이 모른다. 오늘 사랑스러운 누군가가 내일은 미워 보일 수 있고 죽도록 증오했던 누군가가 오늘 갑자기 측은해 보일지 모르는 일이다. 그렇게 누군가에게 언제까지나 사랑하겠다든지, 미워하겠다든지, 감사하겠다든지, 혹은 영원히 성실하겠다는 약속은 대개 '언제까지나'는커녕 몇 달도 못 가서 흐지부지되고 만다. 여기에 정답이 있다. 자신의 힘이 닿지 않는 부분까지도 자신의 영역인 양 무모하게 약속하고 으스대는 사람을 당신은 신뢰할 수 있겠는가?

누군가를 증오하겠다는 약속은 내가 당신을 계속 싫어하는 동안에는 당신에게 증오의 행동을 계속할 것이고, 내가 당신을 더는 증오하지 않게 됐을 땐 더는 증오의 행위를 하지 않겠다는 선언이 된다. 쉽게 말해 '기분에 따라 달라지겠지' 식으로 말하는 것이다.

그러므로 진정으로 사람으로부터 신뢰를 얻고 자신에게도 떳떳한 사람으로 살아가기 위해선, 올바른 방식으로 약속을 행하는 것이 중요하다. 감정보다는 행동을 약속하라. 일상의 많은 것이 구체적이고 명확해질 테니까.

19

" 어떤 사람들은 생각이 깊어서
겉으로는 가벼워 보인다 "

- 프리드리히 니체 -

■ 가벼움을 연기한다는 것

어느 집단에 가든 광대 역할을 자처하는 사람이 있다. 그들은 요란스럽지는 않더라도 말과 행동을 가벼이 하여 주변 사람들에게 소소한 웃음을 주곤 한다.

냉소적인 사람들은 그를 보며 혀를 찰 수도 있다.

'혼자 돋보이고 싶어서 그런가?'
'저렇게 행동하고 농담하는 방식에 과연 쓸모가 있을까?'
'왜 저렇게까지 하는 걸까?'

그렇게 말하며 그를 아주 한심하게 여길지도 모를 일이다.

하지만 섣부른 판단은 언제나 금물이다. 그는 오히려 다른 이들보다 고차원적인 생각을 하고 있을지도 모르기 때문이다. 남들보다 생각이 깊은 사람들은 타인과 관계를 맺을 때 자신이 마치 광대나 코미디언이라도 된 것처럼 군다. 타인의 이해를 구하고 누구나 쉽게 받아들일 수 있도록 말하려다 보니 자연스레 가벼운 언행을 가장한다. 무게를 잡고 진지하게 말해봤자 이해하지 못하는 사람이 속출할 게 뻔하다는 것을 아는 동시에, 사람은 누구나 시기하는 마음을 품고 있기에 잘난 체해봤자 자신과 자신의 집단에 이로울 게 없다는 것까지도 파악하고 있는 것이다. 그러므로 조금만 더 통찰력 있게 그 그룹을 바라보면, 그런 '겉으로만 가벼워 보이는' 사람들을 중심으로 일과 조직이 굴러가고 있음을 알게 된다.

당신도 당신이 속한 곳에서 그러한 실세가 되기를 원할지도 모른다. 그렇다면 그들을 따라서 조금은 가벼움과 천박한 모습을 연습하는 것도 좋은 방법이 될 수도 있겠다.

하지만 주의해야 할 점도 있다. 우스꽝스러움을 연기하는 사람들은 말 그대로 연기를 하고 있는 것이기에, 보이지 않는 곳에서 막대한 에너지를 소비하고 있음을 인지해야 한다. 그들은 군중 속에서는 밝은 미소와 유머를 잃지 않지만, 혼자가 되었을 때는 무시무시한 고독 속에서 진정한 휴식을 취한다. 이후에 더 가볍고 유머러스해지기 위해, 그렇게 더 나은 방향으로 향하기 위해 고독 속에서의 자유와 호흡을 반드시 누려야 한다는 것이다.

빛과 그림자의 비율을 적당히 조절해서 적당한 때에 사용할 수 있는 사람이 되는 것, 그것 역시 더 나은 사람으로 살아가기 위한 하나의 조건일 수 있겠다.

20

" 하루의 3분의 2를
자신을 위해 쓰지 않는 사람은 노예다 "

- 프리드리히 니체 -

■ **삶의 주인**

자본의 형태는 다양해지고 있다. 많은 사람이 경제적 자유를 누리고 큰돈을 벌고 싶어 하는 이유 중 상당 부분을 차지하는 것은 시간을 벌기 위해서다. 현대 사회에서의 시간은 화폐와 같은 가치를 가진다. 자본으로 시간을 단축하면 화폐로 화폐를 벌어들이는 일이 된다. 그만큼 시간은 중요한 화폐다.

삶은 예술의 한 형태다. 각자의 삶은 독특한 예술 작품이고 그 작품을 창조한 사람은 개인이다. 그렇기에 타인의 기대나 사회적 기준에 따라 살아가는 것이 아니라 자신의 내면적 가치, 열정, 의미를 바탕으로 삶을 꾸려나가야 한다.

자신의 시간을 자신을 위해 사용하는 것은 이러한 삶을 살기 위한 출발점에 해당한다. 자아를 실현하기 위해서 수반되어야 하는 것은 자신의 시간을 자신을 위해서 사용하는 것이다. 자신의 내면에 귀 기울이고 자신만의 가치와 열정을 따라 삶을 주도적으로 살아갈 수 있기 때문이다.

하루의 3분의 2를 자신을 위해서 사용해야 한다. 하지만 현대사회를 살아가는 사람들에게는 쉽지 않은 일이다. 신경 쓸 것이 무수히 많기 때문이다. 여러 제도와 사회적 보장을 통해 노동 시간을 줄이려 애쓰고 있지만 어떤 사람에게는 하나도 와닿지 않을 수 있다. 여전히 시간으로부터 자유롭지 못한 사람이 넘쳐난다. 그럼에도 불구하고 자신의 시간을 자신의 발전과 행복을 위해 적극적으로 사용해야 한다. 단순히 시간 관리의 문제를 넘어서 자신의 삶을 의미 있고 가치 있는 방식으로 채우려는 깊은 노력의 일환이 될 수 있다. 자신의 현재 상태를 넘어서는 발전을 하기 위해선 끊임없는 자기반성과 성찰, 자신만의 가치를 추구해야 가능한 일이다. 하루의 대부분 시간을 자신에게 사용하는 것은 자신의 잠재력을 꽃피우는 것의 시작이다.

21

"금이 간 것 같이
얇은 상처에서 피가 흐르는 것처럼"

- 프리드리히 니체 -

■ 고통의 상대성

사람들은 모두 저마다의 고통을 떠안고 살지만, 사람의 생김새가 저마다 다른 것처럼 그 고통의 모양과 크기 역시 전부 다를 수밖에는 없다. 누구는 한 달 치의 생활비가 밀려서 죽음을 택하기도 하지만, 먼 곳의 다른 누구는 그 돈을 하루 만에 다 쓰면서도 지난달보다 수입이 줄어들었다고 불평한다. 누구라도 할 수 있을 법한 흔한 볼멘소리를 뱉어놓곤 미안함에 눈물짓는 사람도 있는 반면 사람을 죽여놓고도 뻔뻔하게 미소 짓는 사람이 있다.

"뭐 그런 일로 힘들어하고 그래?"라는 폭력적인 말을 하게 되는 배경도 거기에 있다. 사람들은 남에게 그다지 많은 흥미를 품지 않기 때문에, 자신의 고통과 안위에만 신경 쓸

뿐, 자신과는 다른 처지에 놓인 사람의 고통 따위는 사실 안중에도 없는 것이다.

금이 간 것 같이 얇은 상처에서 피가 흐르는 것처럼 작은 고통을 견디지 못하고 죽어버리는 사람이 있는가 하면, 인생이 통째로 뒤흔들릴 만큼 커다란 사건이나 자신의 저지른 악한 행위에 조금의 가책이나 죄의식도 느끼지 않고 늘 건강하고 평온하게 사는 사람도 있다.

물론 그러한 뻔뻔함도 생명력의 일종으로 생각한다면야 그들도 우월한 존재로 여겨질 수 있겠지만, 이 글의 쟁점은 그런 것이 아니다. 그저 사람마다 고통을 받아들이는 수준도 마음의 단단함도 다 다름을 말하려 할 뿐이다.

나에게는 마치 삶의 전부인 것처럼 여겨지는 것도 누군가에겐 일말의 쓸모도 없는 애물단지가 될 수 있다. 또 누군가의 커다란 고통이 내가 보기엔 별것 아닌 것처럼 보인다고 해서, 그래서 그에게 '뭐 그런 걸로 힘들어해?'라고 말한다고 한들 그 사람의 고통이 고통이 아니게 되는 것은 아닐 것이다.

연민이라는 감정은 사실 망가진 삶에 대한 쓸데없는 관심이라고 볼 수 있다. 연민의 본질은 삶에 대한 사랑이다. 하지만 그 사랑은 건강한 사랑이 아니다. 약하고 병든 것들 앞에서만 발현되는 사랑이기 때문이다. 연민은 그러므로 광기에 가깝다. 자기보다 가난한 자들, 고통받는 자들, 능력 없고 별 볼 일 없는 사람들 앞에서는 위로하고, 돌아서서는 승리를 만끽한다. 연민이 흘리는 눈물은 기쁨의 눈물에 가까운 것이다. 그러니 자신이 연민의 대상이 되었음을 마냥 안락하게 생각하고 기쁘게 생각하는 것은 옳지 않을지도 모른다.

이러한 비극으로부터 조금이라도 더 자유로워지길 원한다면, 타인은 나와 다름을, 그리고 타인과 나의 관계라는 것은 사실 굉장히 실낱같이 얇음을 조금이라도 빨리 인정하는 것 외엔 방법이 없다. 타인은 나의 고통에는 관심을 두지 않으며, 나 역시 타인의 고통에는 겉으로만 연민할 뿐, 실은 온 마음을 다해 그를 측은하게 여길 수는 없다. 그러므로 그저 홀로 강해져야 할 뿐, 나의 고통은 내 몫으로 온전히 주어진 것이니 묵묵하게 이겨내야만 할 뿐이다.

22

" 내가 천민이므로
너 역시 천민이어야 한다 "

- 프리드리히 니체 -

■ 분노와 열정의 방향

인간은 수많은 고통과 어려움을 겪는다. 작은 일부터 큰 일까지 다양한 일을 겪을 때마다 비슷하게 나타나는 형태가 있나. 불평불만을 하는 것이다. 자신의 고통을 누군가의 책임으로 전가시키고 싶어 한다. 아침 출근길, 빠르게 걷고 있는 내 앞에 한 사람이 천천히 걸어간다고 가정해 보자. 그 사람을 피해서 가려고 하지만 마치 나를 괴롭히기라도 하는 듯 오른쪽으로 피하려고 하면 그 사람이 오른쪽으로 걷고 다시 왼쪽으로 피하려고 하면 왼쪽으로 걷는다. 몇 번 그렇게 실랑이하다가 눈앞에서 지하철을 놓쳤다. 결국 그날 지각을 했다.

오전부터 그런 생각을 할 것이다. 아, 그 사람만 아니었다면. 내 앞을 가로막지 않아서 뛸 수 있었다면 지하철을 놓치지 않았을 것이고 그럼 지각할 일도 없을 텐데. 이런 생각을 하는 이유는 불평불만을 하고 누군가를 탓하면 스스로의 마음이 조금은 위로되기 때문이다. 자신의 잘못이 아니었으니까. 정말 내 앞을 막던 그 사람 때문에 회사에 지각한 걸까? 아니다. 아침에 조금 더 일찍 나왔으면 그런 일은 일어나지 않는다.

자신의 운명을 사랑한다는 개념은 삶의 모든 순간을 받아들여야 한다는 의미를 담고 있다. 아름답고 긍정적인 순간뿐만 아니라 고통스러운 순간도 포함된다. 고통을 경험할 때 그것이 크든 작든 상관없이 단순히 외부의 탓으로 돌리는 것은 쉬운 일이다. 하지만 그 안에서 자신을 되돌아보고 성장과 발전을 위한 자극제로 삼는 건 큰 도전이다. 타인을 원망하고 고통을 외부에 전가하는 것은 잠시 동안의 안도감을 줄 수 있으나 결국 자신의 성장을 스스로 막는 것이다. 복수도 마찬가지다. 복수심에 눈이 멀면 타인이 이룩한 결과를 부정하고 자기보다 뒤떨어진 자를 낮잡아 보게 된다.

그리고 세상이 평등해졌다고 말한다. 하지만, 복수로는 상황을 변화시키지 못한다. 타인을 원망하는 것도 상황을 변화시키지 못한다. 원인은 항상 자기 자신에게 있기 때문이다.

모든 걸 당신의 잘못이라고 말하는 것이 아니다. 다만 외부로 분노와 열정의 방향을 돌리는 것보단 그 순간을 자신의 내면을 성찰하고 좋은 사람으로 한 단계 더 나아갈 수 있는 순간이라고 생각하자는 것이다. 가치 없는 불평불만에 시간과 에너지를 소비할 바엔, 그 분노와 열정의 방향을 나의 내면으로 전환시켜 더 나은 사람이 되도록 나를 채찍질하자. 그것이 나의 가치를 높여 올바른 평등을 꾀하는 길이다.

23

" 심판하려는 자를 믿지 말라 "

- 프리드리히 니체 -

▪ 선량하다는 말을 경계하라

사회 시스템을, 그리고 그 시스템을 주무르는 자들을 너무 깊게 믿지 않는 것이 좋다. 당신은 그들을 당신과 닮은 영혼과 육체를 지닌 동족이라고 생각하겠지만, 그들은 당신과 전혀 다른 구조로 만들어진 존재들이다.

그들의 얼굴은 겉으로는 평온해 보일지 몰라도 안으로는 언제라도 누군가를 벌하거나 사회의 바깥으로 밀어낼 준비를 하고 있다. 그러는 동시에 자신을 바라보는 군중들을 향해 스스로가 정의롭다고 떠들곤 하는데, 그것은 사실 그렇게 군중들을 안심시킨 뒤 언제라도 권력을 요구하기 위한 과정에 불과하다.

대중들은 권력을 손에 쥔 그들이 그 힘을 통해 언젠가는 자신들을 보듬어주고 자신들의 행복을 보장해 줄 것으로 기대하지만, 실상은 기대와 다르게 흘러가곤 한다. 모두의 자유와 사랑과 진리를 위해 움직이는 데에 애쓰는 대신 자신들이 만들어둔 법률과 시스템을 굳건히 유지하는 데에만 골몰하고, 조금이라도 다른 계층이 그 경계선을 침범하려고 하면 벌을 주고 제재하는 데에만 혈안이 되어버리는 것이다.

타인을 심판하려는 자를 맹신해선 안 된다. 한 번 시스템의 아래에 속하게 됐을 때는 이미 많은 자유와 권리가 침해당한 뒤일 것, 그리고 다시 이전의 자유를 되찾기 위해선 그에 상응하는 희생을 치러야만 할 것이다. 국민들을 수탈하고 폭정을 일삼는 독재자들이 과연 처음부터 악마 같은 본성을 드러냈겠는가? 아마 그랬다면, 그들은 단 한 톨의 권력도 손에 넣지 못했을 것이다.

그러니 누군가가 자신을 선량하고 정의롭다고 주장할

때, 우리는 미리 두려움을 느끼고 경계해야 한다. 도둑과 악마는 결코 처음부터 도둑과 악마의 모습으로 다가오지 않는다.

24

" 내가 거대한 도시에 있으므로
나 역시 거대하다 "

- 프리드리히 니체 -

■ 소속된 자의 착각

자신이 속해 있는 집단이나 지역이 자신을 대표하며, 그 것들의 특징이 곧 자신의 특징이라고 착각하는 사람들이 많다. 당장 번화한 곳으로 가서 귀를 기울여보라. 자신이 속한 기업이 어디인지 아느냐며 우쭐대는 사람, 자기는 대도시 출신이라서 격 떨어지는 대화에는 참여하고 싶지 않다며 신경질적으로 말하는 사람은 어디에나 있다.

그들에게는 그들이 속한 곳과 그들이 사는 도시의 역사가 곧 그의 역사이며, 그것들의 일부인 건물과 반짝이는 구조물들, 그것들을 칭송하는 모든 말과 노래들이 전부 자신의 소꿉친구처럼 반갑고 익숙하기만 하다. 그들은 이런 것들로부터 자신의 가치와 권력, 행복을 발견하곤 만족해한다. 그리곤 안도한다. 내가 지금 그곳에 속해 있고 앞으로도 계속 그럴 것이라는 생각, 그러므로 나는 강하고 고귀하다는 생각, 자신이야말로 이 거대한 도시와 집단의 일부이기 때문에 자신 역시 위대하다는 생각에 젖는 것이다. 또한 이토록 크고 위대하니 하루아침에 무너지지는 않을 거라는 막연한 낙관에 기대어 자기도 쉽게 사라지거나 망하지 않을 것이라고 착각한다.

하지만 영원한 것은 없는 법. 대륙을 호령했던 제국이 일 년 만에 패망하는 동안, 그곳의 백성들은 어떤 변명도 몸부림도 없이 도시와 함께 매몰되곤 했다. 나만의 크고 거대했던 자부심이 일순간 무너져 버리고 나면, 그들이 할 수 있는 일은 망연한 표정을 짓는 것 말고는 아무것도 없었다.

그러므로 우리는 독립성을 키워야 한다. 도시와 기업과 공동체로부터 벗어난 초월적인 가치를 추구해야 한다. 그리하여 나를 무엇무엇의 내가 아닌, 어디 출신의 내가 아닌, 무엇무엇을 가진 나로 만들어야 한다. 무엇무엇을 사유하고 할 수 있는 나로 만들어야 한다. 그래야만 진정으로 위대한 개인이 될 수 있을 것이다.

25

" 인생의 계절 "

- 프리드리히 니체 -

●

■ 자연과 인간

20대는 여름이다. 열정적이고 도전적인 시기이기 때문이다. 뜨거운 태양의 열기처럼 열정으로 가득 찬 이 시기는 자신의 한계를 시험하고 삶의 목적, 의미, 방향을 찾아가는 과정이다. 이때 해야 하는 일은 자신이 누구인지 아는 것이다. 무엇을 진정으로 원하는지를 경험을 통해 깨달아야 한다. 살아가면서 한 번은 무조건 겪을 수밖에 없는 강도 높은 업무와 시련을 겪으면서도 자신만의 길을 찾아가는 시기다.

30대는 봄이다. 봄은 모든 것이 재생하고 변한다. 또한 새롭게 무언가가 시작되는 시기이기도 하다. 겨울은 끝나고 따뜻한 바람과 함께 꽃이 핀다. 어떤 날은 따뜻하고 어떤 날은 예상치 못하게 춥기도 한 계절이다. 마찬가지로 30대는 20대의 열정적인 시험과 성찰을 거쳐 자신의 삶에 한 발 더 깊숙하게 들어간다. 더 깊은 이해를 바탕으로 새로운 시작을 맞이할 수 있다.

40대는 성찰과 수확의 시기다. 인생에서 중요한 전환점을 상징할 수 있는 시기다. 열정적인 여름과 변화의 봄을 지나 구름 한 점 없는 맑은 하늘이 수확을 돕는다. 자신의 삶에서 얻은 지혜와 교훈을 통합하여 진정한 자아실현의 길로 나아갈 수 있다. 자신만의 독특한 방식으로 삶을 구성할 수 있는 새로운 경로를 탐색할 수 있다.

오늘날은 시대가 변함에 따라 다른 양상을 보일 수 있다. 20대에 해야 하는 일을 10대에 할 수도 30대에 할 수도 있다. 하지만 변하지 않는 것은 인생의 각 계절은 한 개인이 자신을 넘어서고 자기실현을 추구하는 다양한 단계를 겪는다는 것이다. 계절처럼 인생의 각 단계를 넘어서는 여정을 통해 끊임없이 성장하고 변화해야 자기실현을 추구할 수 있다는 것이다. 모든 계절과 모든 순간은 자기 자신을 넘어서는 여정의 일부다.

26

" 부모는 자식을 자기와
똑같은 인생으로 만들어버린다 "

- 프리드리히 니체 -

■ 온전한 독립

부모가 자식에게 행하는 교육에는 함정이 있다. 많은 것을 알려주고 보살핀다는 명목하에 자신도 모르는 사이에 자식을 자기와 똑같은 인생으로 만들어버리는 것이다. 종종 자신들의 가치, 믿음 그리고 기대를 자녀에게 그대로 전달한다. 사랑과 보호라는 이름 아래. 갓 태어난 아기를 독립된 인생으로 인정하지 않는다. 갓난아기를 귀중한 보석처럼 여긴다.

부모의 진정한 역할은 자녀들이 그들 스스로 길을 찾아가도록 하는 것이다. 자유로운 영혼으로 키워야 한다. 부모가 자녀를 자신의 소유물이나 그림자로 여기는 것은 창조성과 자유에 대한 모독이다. 부모가 자녀에게 자신의 믿음, 가치, 꿈을 강요한다면 그들의 내면에 잠재된 위대함을 억압하게 된다. 자식은 자신의 독특한 존재와 가치를 발견하지 못하고 삶을 창조해 나갈 수 없다. 자기 결정권을 박탈당하며 결국 자기 극복 과정을 방해하기 때문이다.

부모가 자식을 사랑하고 보호하는 것은 올바른 일이다. 하지만 사랑과 지원은 자녀가 자신 스스로 삶의 주인공이 되도록 사용해야 한다. 자녀의 삶에 있어 부모는 지도자가 아니라 동반자다. 결국 인생은 자기 자신만의 의미를 찾아가고 창조하는 여정이다. 가정으로부터 온전히 독립하여 개인으로서 삶을 살아가는 것이 올바른 방향이다. 부모의 기대와 사랑, 교육은 이를 위해 사용되어야 한다.

27

" 적으로부터 배워라 "

- 프리드리히 니체 -

■ 성숙한 승리의 방법

한 번 적개심이 피어오르면 좀처럼 그 마음을 진정시키기가 어렵다. 그 대상이 눈앞에 있을 때면 당장이라도 주먹을 날리고 싶다는 충동을 억눌러야 하며, 잠을 자다가도 그 얼굴이 불쑥불쑥 떠올라 여간 곤혹스러운 게 아니다.

그렇다고 해서 그 적개심을 참지 않고 분출하기라도 한다면 상황은 더 골치 아파진다. 잘못된 적개심의 말로는 지난 수천 년 전쟁의 역사를 둘러보면 훤히 알 수 있다. 싸움을 통해 얻고 잃는 것, 그 싸움에서 가장 중요하게 다뤄져야 하는 가치들이 주객전도되어 살을 취하고 뼈를 내어주는, 말 그대로 경제적이지 못한 전쟁이 수도 없이 많았다. 아끼는 신하 한 명을 잃었다는 이유로 수만 명의 병사를 희생시키며 무모한 전투를 벌였던 어리석은 군주의 이야기도 있다. 또 어떤 싸움은 종국으로 치달을수록 승자가 없는 공멸로 향하기도 했다. 오직 적과 적의 몰락만을 생각하느라 주변의 평판이 더 악화되는 경우도 비일비재했다.

그를 알고 있음에도 적개심을 다스리는 일은 늘 쉽지 않다. 과연 불꽃처럼 튀고 용암처럼 끓어오르는 이 마음을 어떻게 하면 좋을까?

방법은 간단하다. 적개심을 품은 대상들로부터 배울 점을 찾으려고 해보는 것이다. 물론 처음에는 우습게 들릴 수 있고 실현 불가능한 것이라고 여겨질 수도 있겠지만, 처음만 어렵고 분하지, 이후에는 점점 그들로부터 좋은 점이나 배울 점을 찾아내기가 수월할 것이다.

그리고 그렇게 배울 점을 찾았다면 분한 마음을 한 덩어리 더 바닥에 내려두곤 그것을 서서히 자신의 것으로 만들어보려 노력하는 것이다. 진정으로 성숙한 복수와 승리는 그렇게 해야 한다.

적들로부터 무언가를 배우는 것은 그들로부터 승리하기 위한 최선의 방법이기도 하지만 동시에 그들을 사랑하기 위한 최선의 길이 되어주기도 한다. 왜냐하면 그 과정이 우리로 하여금 적에 대한 감사를 일깨워주기 때문이다. 이제는 깨달아야 할 때다. 적개심으로 적개심을 이길 수는 없다는 걸. 적개심은 우정으로 끝을 맺어야만 한다는 것을 말이다.

28

" 평판에 과도하게 매달리지 말라 "

- 프리드리히 니체 -

■ 평가라는 함정

그게 무엇이 됐건, 그것에 관한 평가와 경험담은 그것을 선택하는 데에 제법 커다란 영향을 미친다. 구매를 망설이고 있을 때 그것에 대한 사람들의 평가가 좋은지 나쁜지에 따라 마음을 정하며, 누군가와 관계를 어떻게 이어나가야 할지를 고민할 때도 그에 대해 이야기하는 사람이 많은지 아닌지를 참고하기도 한다. 일단 그에 관해 이야기하는 사람이 많으면 그가 그만큼 영향력 있는 사람으로 여겨져, 관계를 이어가면 자신에게 어떻게든 도움이 될 것이라 판단하는 것이다. 그렇게 평가란 선택과 가치 판단에 있어서 꽤 간

편하고 요긴한 도구가 되어준다.

하지만 살다 보면 그런 경험도 있었을 것이다. 절대다수의 대중으로부터 평을 박하게 받은 영화가 내게만큼은 무척 재밌었다든가, 소문이 좋지 않은 사람과의 식사 자리가 굉장히 무해하고 즐거웠다든지 하는 경험 말이다. 처음이라 좋았던 건가 하는 걱정에 경계를 늦추지 않고 관계를 맺어도 변하는 것은 없었다. 오히려 그는 내게 정말 좋은 사람, 도움이 되는 사람으로 자리를 확고히 잡아간다. 이는 사람들의 평가가 무조건 정답일 수만은 없다는 것을 보여주는 사례들이다.

평가에 심하게 매몰되기 시작하면 내가 진정으로 좋아하는 것이 무엇인지를 서서히 잊게 된다. 또 나의 내실은 뒤로 팽개치곤 맹목적으로 좋은 평가만을 갈구하고 다니기 시작한다. 하지만 칭찬만을 갈구하는 사람에게 좋은 평이 남겨질 리가 없다. 그렇게 속 빈 강정처럼 무가치해진 사람은 더 나쁜 평만을 얻고, 그러므로 그는 더 평가를 갈구하는 악순환에 빠져들고 만다.

당신은 누구인가?

당신도 타인의 평가를 완벽하게 믿는 사람인가?

그렇다면 당신은 당신에 대해 모든 것을 알지도 못하면서 당신을 평가하는 타인을 완벽하게 믿고 있다는 말인가? 인간이란 항상 옳은 평가를 내리지 못한다. 동시에 옳은 평가를 받지도 않는다. 그러므로 완벽한 진리란 없다. 그런데도 당신은 타인의 평가에 지나치게 빠져들어 당신의 가치를 계속 책정할 것인가?

29

" 성장할 수 있는
교제만을 추구하라 "

- 프리드리히 니체 -

■ 칭찬 감옥

서재에 앉아 있는 노인을 상상하라. 깅단에 올라 무언가를 이야기하고 있는 노인을 상상하라. 저녁 식사 자리에서 즐겁게 대화하고 있는 노인을 생각하라. 당신이 어떻게 생긴 노인을 생각했든, 그 노인들은 대부분 현명하고 고요한 이미지를 지녔을 것이다.

하지만 젊은 사람을 상상해 본다면 어떨까. 어째선지 노인과는 다르게 오만하고 교만한 사람의 얼굴이 떠오르지는 않는가? 이유가 무엇일까? 왜 젊은 사람들은 대부분 오만하다는 인식이 박혀 있는 걸까?

그 이유는 젊은 사람일수록 아직 그 어떤 업적도 이루지 못한 주제에 자기를 위대한 인물인 양 내세우려는 비슷비슷한 사람들과 친하게 지내기 때문이다. 젊을수록 매일의 작은 성과를 대단하게 여기고 그것을 자랑하지 못해 안달이 나 있다. 동료가 만들어낸 결과물이 사실은 흔한 것일지라도 어떻게든 대단하게 포장하려고 애쓴다. 물론 당신이라고 예외는 아닐 것이다. 당신에게도 그런 세월이 있었을 것이며 당신보다 어린 사람들이 그런 식으로 서로를 추켜세우고 그들만의 칭찬의 분위기를 만들고 있는 모습을 본 적이 있었을 것이다.

젊은 날을 지내고 있다면 누구라도 그런 시기를 겪기 마련이지만, 필요 이상으로 그 착각에 도취되어 한정된 청춘을 낭비하는 것은 너무도 큰 손실이다.

당신의 시시하고 작은 업적에 열광하는 동료들. 그들은 당신을 진심으로 위하는 사람이 아니다. 다만 당신의 능력이나 권위를 곁에 둠으로써 당신을 자신의 액세서리 정도로만 여기고 있는 것일지도 모른다. 생각해 보라. 정말로 당신이 오랫동안 행복하길 원하는 사람, 당신의 성공을 바라는 사람이라면, 그렇고 그런 업적에 호들갑을 떨기보단 겸손해지라고 말할 것이며, 넘치도록 충분한 부분보단 부족한 부분을 알려주며 서로 나아질 수 있도록 애쓸 것이다.

전혀 건설적이지 않고 나를 망치기만 하는 관계로부터는 최대한 빨리 벗어나는 것이 좋다. 그 대신 당신은 가능한 빨리 진정한 실력과 여유를 갖추고 자기 분야에서 높은 수준에 이른 사람을 찾아내 그와 함께해야 한다. 그래야만 지금까지의 겉치레와 허영에서 벗어나고 지금 진정으로 해야 하는 일이 무엇인지 알게 될 것이다. 그러한 과정을 진정으로 '어른'이 되어가는 과정이라고 칭할 수 있을 것이다.

30

" 소식은
차분하게 전하는 것이다 "

- 프리드리히 니체 -

■ **소통의 기술**

그가 어떤 인격을 지닌 사람이건, 얼마나 나이가 많고 어떤 직업을 가졌건 간에, 누구에게나 수다쟁이의 본능이 조금씩은 있을 수밖에 없다. 전에 없었던 새롭고도 자극적인 사실을 알게 되면 조금이라도 빨리 자기 사람들에게 달려가 떠들고 싶다는 충동이 드는 것이다.

하지만 당신도 알다시피, 많은 관계의 문제는 그러한 조급함에서 비롯되곤 했다. 상대방이 내가 기대했던 반응을 보이는 대신 나에게 실망만 하기도, 자신도 모르는 사이에 이간질의 당사자가 되어 입장이 난처해지기도 했을 것이다.

가능하다면 당장이라도 달려가서 떠들고 싶은 마음은 이해하지만, 그때마다 모든 의사소통 상황에서 가장 첫 번째로 지켜야 하는 수칙인 '흥분하지 않기'를 떠올려야 한다.

누군가에게 효과적이고도 건강하게 소식을 전하는 방법도 마찬가지다. 새로운 사건이나 사고, 상대가 놀랄 만한 사항을 전할 때도 그것이 마치 당연한 일, 조금 오래된 일인 양 전하는 것이 좋다. 그러면 상대는 마찬가지로 그것을 덤덤하게 받아들이게 된다. 반대로 큰일이라도 난 것처럼 다급하게 사건을 전하면, 상대는 자신이 그것을 알지 못했다는 사실에 열등감을 느끼고 그로 인해 느껴지는 분노를 나에게 드러낼지도 모른다.

아이가 넘어졌을 때 부모가 화들짝 놀라며 아이에게 달려가면, 아이는 그제야 자신에게 일어난 일이 재앙이었음을 깨달으며 크게 울기 시작한다. 하지만 아이가 넘어졌음을 알고도 별일 아니라는 듯 대응하면, 아이도 의젓하게 손을 털고 일어나곤 한다. 소식을 전하는 일도 그렇다. 다급하면 상대방도 다급해지고, 차분해지면 상대방도 차분해진다. 그러므로 의연함은 관계에 있어서 제일의 미덕이라고 할 수 있겠다.

질적으로 우수한 커뮤니케이션만큼 중요한 것이 없다. 건강한 관계 유지를 통한 개인의 행복을 위해서도 그렇지만, 나아가 한 집단의 성공과 실패 역시 커뮤니케이션에 의해 좌우되기 때문이다.

31

" 난간이 되어주는
사람들이 있다 "

- 프리드리히 니체 -

■ 사람이 주는 안정감

실외와 실내를 막론하고, 어느 정도 높이가 있어 사람이 떨어져서 다칠 만한 계단이나 비탈, 교량 같은 곳에는 반드시 난간이 있다. 물론 그 난간은 보통 모든 체중을 실어 기대거나 매달릴 수 있을 정도로 튼튼하지는 않기에 우리의 생명을 완벽하게 보장해 주진 않는다. 하지만 중요한 것은 내가 전적으로 이 난간의 유무에 의해 죽고 사는 것이 아니다. 난간이 있어 줌으로써 안정감을 느끼게 된다는 데에 있다.

'내 손이 닿는 곳에 잡고 의지할 것이 있다'는 안정감은 우리를 주저앉지 않도록 하고 계속해서 앞으로 나아갈 수 있게 해준다. 아무리 바람이 불고 발 디딘 곳이 흔들린다고 해도, 잡고 버틸 것이 있어 그나마 다행이라는 생각이 든다.

난간이 그러한 것처럼, 우리에게 보호받고 있다는 안정감과 안도감을 주는 사람이 있다. 부모나 교사, 친구나 신뢰하는 동료와 같은 사람들이 그렇다. 그들이 내 곁에 있다고 해서 천재지변이나 예기치 못한 사고들까지 전부 피할 수는 없을지 몰라도, 그 밖의 많은 마음에서 비롯된 고민과 걱정, 불안 같은 감정들을 그들 덕분에 버틸 수 있게 되는 것이다. 난간이 내 몸을 지지해주는 것처럼, 삶이라는 길을 걸을 때 그들이 내 마음의 지지대가 되어주는 것이다.

인생을 살면서 마주한 이렇고 저런 고민을 누군가에게 털어놓았을 때, 그 사람이 그 문제를 직접적으로 해결해 주는 일은 잘 없더라도 '마음을 털어놓았다'는 사실만으로 개운함과 후련함을 느끼는 것도 그런 이유에서다.

그러므로 아무리 자립심이 넘치고 능력이 출중한 사람이

더라도 최소한의 마음 둘 곳은 있어야 한다. 무너지지 않고 더 잘 살아가기 위해선, 그런 사람이 반드시 한 명은 필요하다.

32

" 있는 그대로를 사랑하라 "

- 프리드리히 니체 -

■ 올바른 사랑의 방법

사랑은 인간에게 주어진 가장 달콤한 축복이자 벌이다. 모든 사람이 사랑 때문에 울고 괴로워하고 싸우고 나아가 전쟁까지 벌인다. 사랑에 눈이 멀어 연적을 파괴하고 사랑의 대상을 파괴하다 못해 스스로까지 파괴한다. 현명하다고 칭송받았던 역사 속 인물들도 자신의 사랑만큼은 능숙하고 지혜롭지 못해서 큰 병을 얻기도, 뼈저린 실수를 저지르기도 했다.

사랑은 어째서 어렵고 고통스러울까? 이유는 간단하다.

사랑의 대상이 내가 아닌 타인이기 때문이다. 나와 완전히 똑같은 사람도 없고 내 가치관이나 이상에 완전히 부합하는 사람도 찾을 수 없기 때문이다.

사랑이라는 것은 내 이성관에 기반해서 가장 아름다운 사람을 찾아서 손에 넣고자 하거나, 능력 있는 사람을 어떻게든 자신의 것으로 만들어 곁에 두려고 하는 것이 아니다. 또한 사랑한다는 것은 자신과 닮은 사람을 찾는 것도, 슬픔을 나눌 대상을 구하는 것도 아니며, 자신을 사랑해줄 만한 사람을 찾는 것도 아니다.

그렇다면 사랑의 가장 올바른 방법은 무엇이란 말인가?

사랑한다는 것은 그저 자신과 그 사람이 완전히 정반대의 몸과 마음을 가졌더라도 그 사람을 그 상태 그대로, 자신과는 반대의 감성을 가진 사람을 그 감성 그대로 받아들이고 순수하게 기뻐하는 것이다. 사랑을 이용하여 두 사람 사이의 차이를 메우거나 어느 한쪽이 희생하고 작아지는 것이 아니라, 두 사람 모두 있는 그대로를 예뻐하는 것이 사랑이다.

그러기 위해선 사랑을 '너와 내가 우리가 되는 것'이 아니라, '너와 내가 함께하기로 미래를 약속한 너와 내가 되는 것'으로 인식할 필요가 있다. 서로를 얼마만큼 예뻐하게 되더라도 그를 독립된 개개인으로 남겨두겠다는 다짐이 있어야 한다는 말이다.

33

" 사랑도 배워야 한다 "

- 프리드리히 니체 -

■ 사랑과 노력

음악이든 영화든 그림이든, 그것을 처음 접하는 경우, 우리는 그 작품으로부터 오는 낯선 느낌을 거부하지 않고 일단 마지막까지 다 감상해보려 하는 인내와 노력, 관용을 지녀야 한다. 그러한 과정을 반복함으로써 낯섦은 사라지고 친밀감이 생긴다. 그리고 곧 작품의 매력을 하나둘씩 느끼게 된다. 그렇게 작품의 매력이 마음에 켜켜이 쌓이다 보면, 결국에는 그것을 사랑하게 되며, 그것 없이는 살아갈 수 없을 정도로 한 몸이 되는 지경에 이른다. 예술 작품뿐만 아니라 미식이나 독서 등 자신의 취향을 정립해가는 것 역시 대부분 같은 흐름으로 진행된다.

비단 예술이나 취향만 그러겠는가? 우리가 사랑하는 과정 역시 그와 놀랍도록 똑같은 흐름을 따른다. 첫 만남의 낯섦에서 출발하여 수많은 차이와 환멸을 극복해야 했다. 그 과정에서 낯선 느낌은 차차 사라지고 그 빈자리에 정이라는 감정이 새로이 자리를 잡았다. 거기에 삶을 함께 살아냈다는 일종의 전우애와 날이 갈수록 새롭게 발견하게 되는 사람으로서의 매력이 마음속에 쌓이다 보면, 그 감정은 곧 깊고 커다란 사랑이 되곤 했다. 일을 사랑하게 되는 것, 자신을 사랑하게 되는 것도 별반 다르지 않았다. 사랑은 언제나 단 한 번의 예외도 없이 이처럼 배움의 길을 통해서 완성되는 모습을 보여줬다.

행복한 결혼생활을 이룬 여러 인생의 선배들이 여러 번의 연애 경험이 중요하다고 말하는 이유, 첫사랑과 결혼하게 됐다고 하더라도 그 사랑을 다각도로 이해하려는 노력이 필요하다고 말하는 이유도 이와 같다. 무엇을 사랑하든, 당신은 사랑에 눈이 멀기보단 사랑을 응시하고 공부하는 사람이

어야 한다.

사물에서 비롯되는 필연적인 사건을
진정한 아름다움으로 받아들이는 것,
나는 이것을 배우고 싶다.

3장   "태도"

34

" 여행자의 다섯 등급 "

- 프리드리히 니체 -

■ 여행의 진정한 의미

같은 것을 경험하더라도 결과는 다 다르다. 어떻게 받아들이고 해석하느냐의 차이뿐만 아니라 경험을 한 주체의 성격, 가치관도 영향을 미친다. 그 중 대표적인 것이 여행이라 볼 수 있다. 일이나 유람을 목적으로 다른 지역, 다른 나라에 다녀올 때 보통 다섯 가지 모습을 보인다.

1. 최하급 여행자

주변 세계와 타인을 관찰하는 것에서 그치는 유형이다.

혹은 누군가에게 관찰당하는 대상의 역할을 할 수 있다. 삶의 표면만을 경험하며 자신의 내면이나 깊은 사유로 들어가지 않는다. 대중적 도덕과 가치관에 안주하는 삶이다.

2. 관찰하는 여행자

다음 단계의 여행자는 스스로 세상을 관찰한다. 여기서 그치지 않고 독립적인 사유를 추구한다. 자신의 관점과 가치를 형성하기 위한 첫걸음을 시작하는 것이다. 여행을 통해 들어오는 외부 자극 속에서 내적인 목소리에 귀를 기울이려고 노력한다.

3. 경험하는 여행자

세 번째 등급의 여행자는 관찰을 넘어서 직접 체험하고 학습한다. 다양하고 낯선 환경 속에서 경험한 것을 토대로 깨달음을 얻는다. 이 과정에서 자신의 성장과 발전을 이룬다.

4. 내면화하는 여행자

이 단계의 여행자는 단순히 경험을 체험하는 것을 넘어서 몸에 간직하려고 한다. 언제 사라질지 모르는 경험과 깨달음을 더 깊숙하게 간직하기 위해 내면화를 시도한다. 이러한 과정을 반복할수록 자신의 가치를 창조하고 자신의 삶을 예술 작품처럼 구성할 확률이 높아진다.

5. 일상에 적용하는 여행자

최고 등급의 여행자는 여정에서 얻은 경험과 지혜를 자신의 일상에 적용한다. 관찰하고 경험하고 내면화하는 것을 넘어서서 자신의 삶에 직접 적용하여 변화를 이끌어낸다. 그런 여행자는 주변에 긍정적인 영향을 미친다. 자신과 세계를 재창조하는 것이다.

똑같은 시간을 보내더라도 이렇게 다르게 반응할 수 있다. 어차피 삶이라는 여정을 통해 무언가를 겪어야 하고 어딘가에서 시간을 보내야 한다면 내적 변화와 성장의 과정으로 삼는 것이 더 좋지 않을까. 여행은 각 개인에게 독특하고 자신만의 속도와 방식으로 경험될 것이다. 하지만 그 안에서 자신의 삶을 주도적으로 만들어가며 경험하고 깨닫고 적용하고 변화하려는 노력을 멈추지 않아야 한다.

35

" 결혼은 하나의 것을 창조하고 싶은
두 의지의 합일이다 "

- 프리드리히 니체 -

■ 결혼 당사자들의 자문

남자와 여자가 만나 서로를 궁금해하고 서로를 향한 호감을 품기 시작한다. 그렇게 사랑은 시작되고 두 사람은 일정 기간 함께하며 서로에 대해 점점 더 깊이 알아간다. 그렇게 깊은 사랑에 빠진 남녀는 더 안정적인 관계와 미래를 위해 결혼이라는 계약을 맺는다. 결혼 이후에는 한 가정을 꾸렸다는 유대감 속에서 남은 생을 안락하게 보내려 애쓴다. 자식을 낳아 두 사람의 사랑의 증거를 더 먼 미래까지 남기기도 한다.

결혼이라는 개념은 사람과 사람이 만나 가정을 꾸리고 번식을 도모한다는 점에서 몇천 년 동안 변함없이 천편일률적으로 이어져 내려왔을 것만 같지만, 사실 시대에 따라 결혼의 양상은 늘 달라져 왔다. 무엇보다도 노동력이 중요했던 농경 사회에서는 자손을 최대한 많이 생산하는 것, 그래서 생존하는 것이 결혼의 목적이었다면, 산업과 기술 혁명이 진행되면서부터는 생산보단 개인과 집단의 행복이 점점 결혼의 주된 목표가 되어갔다.

많은 것이 변하는 동안 그래도 꽤 오랫동안 불문율처럼 지켜졌던 법칙도 있었다. 바로 혼인으로 맺어시면 웬만해선 이별하지 않겠다고 다짐하는 것이 그것이었다. 아무리 상대방이 마음에 들지 않더라도 결혼이라는 것은 하늘이 맺어준 관계이기에 끝까지 참고 함께했던 것이다.

하지만 시대가 흐름과 함께 이미 결혼한 뒤에도 남이 되기를 선택하는 부부들이 늘어나고 있다. 능히 함께 살 수 있을 거라고 확신했는데, 막상 살아보니 그게 아니었던 거다. 그렇게 결혼의 당사자들은 샀던 물건을 무르기라도 하듯 쉽게 결혼을 없던 일로 만들려고 하지만, 사실 결혼이라는 것은 그렇게 만만하게 얕볼 만한 일이 아니다. 부부 관계가 깨어지는 데에서 오는 절망은 두 사람 치의 절망이다. 혼자서 만든 절망보다 훨씬 농도 짙고 거대하기에, 파경을 맞은 이들의 인생은 크게 흔들리곤 한다.

결혼을 마음먹은 이들이 헤어지는 가장 큰 이유는 성격 차이다. 사실 불륜이나 병으로 인한 사별이 아니고서야 성격 차이 말고는 다른 이유가 없을 것이다. 그러므로 그 성격의 차이를 극복하기 위해, 그리고 이미 결혼한 뒤에 남과 남으로 찢어지는 고통을 예방하기 위해, 결혼을 앞둔 당사자들은 자신의 마음을 자세히 들여다볼 필요가 있다.

"과연 나는 이 여자와 늙고 나서도 함께 이야기할 자신이 있는가?"

남성은 그녀와의 결혼을 선택하기 전에 자기에게 이런 질문을 건네봐야 한다. 육체로서의 사랑은 일시적이어서 젊음과 함께 사그라들고 말지만, 그 이후의 함께 지내는 시간 대부분은 대화로만 채워지기 때문이다.

"나는 20년 후에도 이 사람을 사랑할 수 있을까?"

또한 여성은 남자를 신랑으로 받아들이기 위해서 스스로에게 이와 같이 물어야 한다. 외적인 요인뿐만 아니라 내적인 조건들마저도 사랑하는 이유가 되어야만 그와 일생을 평온하게 지낼 수 있을 것이기 때문이다.

얼굴과 몸은 영원하지 않다. 이 짧지만 명료한 진리 하나가 사랑에는 육체보다 의지가 더 중요함을 증명해준다. 사람이 나이가 들수록 결국엔 착한 사람과 교양 있는 사람을 원하게 되는 것도 이 때문이다.

결혼은 하나의 것을 창조하고 싶은 두 의지의 합일이다. 그러므로 결혼의 당사자들은 의지를 함께 공유하는 자로서 상호 간에 경의를 표해야 한다. 그리고 언제까지나 그 합일에 필요한 것들 앞에서 성실하게 임할 것을 약속해야 한다. 나는 이것이 올바른 결혼이라고 생각한다.

진실한 사랑이란, 내면의 영혼이 바깥쪽에 있는 육체의 결점을 감싸줄 때 완성된다.

36

" 아모르 파티 "

- 프리드리히 니체 -

■ **운명을 사랑하는 일**

새해의 역설이 있다.

바로 새해 첫날에 올해 자신에게 일어났으면 하는 일을
간절히 소망하고 이런저런 사랑하는 것들에 대해 두 손 모
아 특별히 생각하는 것이다. 무언가를 소망하고 사랑하는
것은 아주 기쁘고 설레는 일인데, 왜 그것이 역설이냐고 물
을 수도 있겠다. 그 이유는 그러한 마음과 바람들은 언제 어
떻게든 실망과 미움을 낳기 때문이다. 그러므로 새해 첫날

은 역설적인 날, 기쁨과 설렘을 가져다주지만 결국에는 슬픔과 실망 또한 데리고 오는 역설적인 날이다.

그러므로 나는 새해 첫날처럼 무언가를 소망하고 사랑하고 싶은 날이면, 최대한 그러한 마음들을 씻어버리려 애쓴다.

대신 내가 진심으로 사랑하는 상념과 바라는 일이 아닌 것들, 그러니까 내가 싫어하는 일이나 비극이라고 생각하는 일들을 비롯한 어떤 사건과 감정들이 밀려와서 내게 닿는다고 해도, 그것을 힘껏 받아들이고 그것으로부터 나의 의미를 찾게 되기를 바란다. 그게 좋건 싫건, 그것은 운명에 의해 내게 다가온 것이고, 그를 비관하고 사랑하지 않는다고 해서 그것이 없던 일이 되는 것은 아니기 때문이다.

사물에서 비롯되는 필연적인 사건을 진정한 아름다움으로 받아들이는 것, 나는 이것을 배우고 싶다. 그럴 수 있는 마음을 갖고 싶다. 만약 이런 방법에 익숙해진다면, 나는 평범한 사물을 아름다움으로 승화시키는 사람 중 한 명이 될 것이다. 그렇게 어떤 것으로부터도 행복을 찾을 수 있는 사람이 될 것이다. 그러므로 행복의 방법은 우리가 그토록 매달렸던 것에 비해 허무하리만치 쉬울지 모른다. 가진 것을, 내 앞에 있는 것을 사랑하면 그뿐일지 모른다.

아모르 파티. 운명을 사랑하는 일. 앞으로 이 사랑이 나의 유일하고도 가장 커다란 사랑이 되기를 간절히 소망한다. 나는 더는 추한 것들과 싸우고 싶지 않다. 내 영혼은 결코 변할 수 없는 가치가 필연적으로 덮쳐오더라도 이를 감내할 뿐 아니라 사랑할 수 있다.

37

" 나는 체계 없음을
추구한다 "

- 프리드리히 니체 -

■ 체계라는 족쇄

체계적으로 움직이는 사람 또는 집단은 어째선지 굉장히 프로페셔널하게 다가오고, 이유는 모르겠어도 세련되어 보이기까지 한다. 그러므로 나의 업무 방식과 내가 속한 조직의 업무 방식에 그간 커다란 문제가 없었다고 할지라도, 저 시스템이 제법 멋져 보인다는 이유로 무작정 이쪽으로 가져와 보려 애쓰곤 한다. 우리도 체계가 더 잘 잡히면 두 배 세 배의 성과를 낼 것이며 다른 사람들이 보기에도 더 훌륭한 우리로 보일 수 있을 것이라는 막연한 기대와 함께 말이다.

하지만 어째서일까. 이전보다 일의 능률도 떨어지는 것

같고 창의적인 생각도 좀처럼 떠오르지 않는 것만 같다. 분명 곳곳에 명확한 체계를 설치해 두었는데 말이다. 우리는 그때부터 엄한 곳에서 문제의 원인을 찾으려 든다. 그 체계를 받아들이지 못하는 우리에게 능력이 없고 수용성 또한 없기에 이렇게 된 것이라고 생각하는 것이다.

구성원의 문제가 아니다. 너무도 체계적으로 잡혀 있는 체계가 그 원인이다. 사실 체계를 세우려는 의지는 성실성의 결여이다. 철저하게 잡힌 체계는 번뜩이는 감각이나 가능성, 잠재력을 잠재우는 족쇄 또는 수면제가 되고, 순조롭게 진행되던 일이 그 이상으로 더 폭발할 수 있고 초월할 수 있는데도 거기까지라며 그 폭발을 잠재우기도 한다. 마음에서 우러난 공부와 일이 되어야 할 텐데, 거기에 강제성을 부여하여 진실성을 떨어뜨리는 것은 덤이다.

그런데도 커다란 기업들이 체계를 잡는 일에 골몰하는 이유는, 단지 관리의 용이성 때문이다. 그게 성실하지 않고 참신함을 제한한다는 것을 알더라도, 조직의 규모가 워낙 커졌으므로 그를 감내하면서까지 체계를 만들 뿐인 것이다.

나는 체계가 없이 생각하고 행동하는 사람들이 좋다. 체계가 없는 게 내가 추구하는 체계이다. 겉으로 보이는 모습은 아무 데서나 끌어온 생각들을 마구 뭉쳐놓은 것처럼 보일지 몰라도, 자세히 들여다보면 그 안에는 일관성도 논리도 나름의 질서도 있다. 나는 그렇게 뭉쳐놓은 '체계 없음'이 언젠가는 크고 아름다운 폭발을 일으킬 것이라 믿어 의심치 않는다.

38

" 터무니없는 일마저도
즐길 것 "

- 프리드리히 니체 -

■ **삶은 언제나 가치 있다**

터무니없는 일을 당해도 억울하게 생각하고 비관만 하기
보단, 마치 축제에 초대받은 것처럼 즐길 것.

삶 곳곳에서 도사리고 있는 우울과 나태와 불안으로부터
언제라도 벗어날 수 있는 나만의 섬세한 감각과 취미를 가
질 것.

누구와 함께하게 되고 어떤 상황에 놓이게 되든, 어떤 체
계 아래에 머물게 되든 강하고 대담하고 자유분방한 마음을

유지할 것.

살아가는 내내 독립된 개인으로 차분한 시선과 당당한 걸음걸이로 인생의 모든 길을 밟을 것.

운명의 신비로움, 미지의 세계와 그 안에서 만날 모든 사건들을 기대하며 인생을 지켜볼 것.

신비로운 세계를 지키는 병사와 선원들이 잠깐의 휴식과 농담, 즐거움으로 피로를 잊는 것처럼, 혹은 음악을 비롯한 아름다운 것들을 통해 눈물과 비극을 잊어버리는 것처럼 밝은 것들에 집중할 것.

이 모든 태도가 내 것이 된다면 얼마나 좋을까. 무의미한 다툼과 비극적인 일들이 가득할지라도 삶은 가치 있는 것이니까. 그 중요한 진리를 우리는 자꾸 잊곤 하니까.

39

" 기분이 우울하다면
추한 것과 가까이 있다는 뜻이다 "

- 프리드리히 니체 -

■ 잘못된 처방과 옳은 처방

물건이 고장 나는 이유는 여러 가지다. 배터리 수명이 다하거나 부품이 망가지거나. 인간은 무엇 때문에 힘과 의지를 상실할까. 무력해질 때다. 무력해진 인간은 활동하지 않고 활동하지 않는 인간은 퇴화한다. 그렇다면 무기력함은 어디서 오는가? 자신의 추함을 인식하고 슬픔에 빠질 때다.

기분이 좋지 않을 때 변화를 갈망한다. 우울함을 벗어던지기 위해 새로운 용기를 내는 처방을 선택한다. 때로는 새로운 것을 시작한다. 하지만 이는 잘못된 처방이다. 우울함은 생활 방식, 생각의 패턴, 둘러싼 환경에서 비롯된 추한 것들과 긴밀한 관계가 있기 때문이다. 우울함은 단순히 기분의 문제가 아니다. 우리 존재와 내면에 깊이 연결된 현상으로 자신의 삶에 대해 깊이 성찰하고 재평가해야 하는 순간인 것이다. 기분이 안 좋을 땐 새로운 것을 시도하는 대신 추한 것들과 멀어질 생각을 해야 한다. 고통과 우울함은 피할 수 없는 것이지만 실제로 자신의 내면과 외면적 환경에서 무엇이 나를 억누르고 있는지 무엇이 나의 본질적 가치와 목적에 어긋나는지 판단하고 이해해야 한다.

멀어진다는 것은 단순히 물리적 거리를 두는 것만을 뜻하지 않는다. 자신을 둘러싼 부정적인 영향력, 제한적인 사고방식, 발전을 저해하는 모든 요소로부터 물리적 혹은 내적 거리를 두는 것이다. 추한 것들로부터 마음을 떨어트리기 위해서 필요한 것은 힘이다. 쟁취하는 힘. 자기 삶을 주도하는 권력을 발휘해 보는 것이다. 인간이 맛볼 수 있는 용기와 긍지에 다가서는 것만으로도 추함이 떨어져 나간다. 추함으로부터 멀어지면 마음은 자연히 아름다운 것들 옆으로 다가간다.

인생은 자신의 삶을 자신의 가치와 목적에 부합하게 만들어가는 과정이다. 우울함과 같은 감정을 경험할 때 이를 자기 자신과의 대화의 기회로 삼아야 한다. 교훈을 얻어서 자신의 삶을 다시 구성해야 한다. 이때 추구해야 하는 것은 새로운 것이나 외부 활동, 변화가 아니라 내면의 시도다. 기분이 우울한가? 내 주변에 있는 추한 것들을 재평가할 순간이다. 내 삶을 더욱 깊이 있고 창조적으로 만들어갈 수 있는 기회다.

40

" 소득보다 일의 즐거움을
따지는 사람이 있다 "

- 프리드리히 니체 -

■ 일이 가져다주는 기쁨

보통의 사람들은 언제나 일을 피하고 싶은 대상, 조금이라도 덜했으면 하는 대상으로 여기지만, 반대로 무엇보다도 일하기를 즐기는 사람들도 있다. 일(Work)과 알코올 중독자(Alcoholic)를 뜻하는 영단어를 합쳐 워커홀릭(Workaholic)이라는 신조어까지 만들어졌을 정도로 그들은 연구와 신비로움의 대상이다. 도대체 그들은 왜 일에 열광하는 걸까? 어째서 중독될 것이 없어서 사람들이 그토록 싫어하는 일에 빠져들고 마는 걸까?

우선 그들은 지나치게 일을 가리고 쉽게 만족할 줄 모른다. 그들에겐 일이 유일한 목적이고 일이 가져오는 만족이 금전적인 소득에서 오는 만족을 압도한다. 아무리 금전적 소득이 높더라도 그 소득을 가져오는 일 자체가 마음에 들지 않으면, 그들은 열정적으로 움직이려 하지 않고 심한 경우엔 그 일을 그만두기까지 한다. 예술가와 철학자, 그리고 꼭 예술가와 철학자가 아니더라도 자신의 일에 나름의 철학을 부여하는 사람들이 이 부류에 속한다. 그들은 자신이 자기 능력과 열정을 통해 무언가를 해내는 데에서 절대적인 짜릿함을 느낀다. 그들에게만큼은 모든 업무가 자신의 투쟁이고 가치 증명이 되는 것이다.

또 그런 사람들도 있다. 여행이나 험난한 야외 활동, 사랑에 일생을 바치는 자들 말이다. 이들은 일의 결과가 아니라 과정 자체를 즐긴다. 특히 과정이 괴로울수록 더욱 열광한다. 만약 이런 괴로움의 요건을 충족시키지 못한다면, 그들은 좀처럼 일하고 움직이려 들지 않는다. 그들이 두려워하는 것은 가난이나 권태 같은 뜨뜻미지근한 것이 아니다. 그들은 오직 맹목적으로 반복되는 일만을 두려워한다.

남들이 싫어해 마지않는 일을 오히려 사랑할 수 있다는

것은 축복받은 일이다. 그리고 크고 작은 일의 모든 과정에서 성취감을 느낄 수 있는 것도 삶을 하나의 기나긴 레이스로 봤을 때 정말 다행인 일이다. 그러므로 나는 당신이 건강을 해치지 않는 선에서 워커홀릭이 되기를 바란다.

기왕 살아야 하는 삶이라면, 즐겁게 사는 쪽이 더 낫지 않겠는가.

41

" 나쁜 습관은
천재를 평범하게 만든다 "

- 프리드리히 니체 -

■ 재능은 주어지기만 할 뿐이다

위인 중에서는 천재가 정말 많지만, 그렇다고 해서 모든 천재가 위인이 되는 것은 아니다. 천재는 말 그대로 하늘이 내려준 '재능'에 불과할 뿐이라, 그 재능을 다른 누군가가 대신 키워주는 일은 불가능하기 때문이다. 재능을 키울 수 있는 것은 하늘도 그의 부모나 친구, 누구도 아닌 그를 물려받은 당사자이기 때문이다.

재능을 썩히거나 엄한 곳에 사용하기 시작하면, 그 재능은 점점 처음에 주어졌을 때의 찬란한 빛을 잃어간다. 그렇게 천재는 점점 평범해지고, 끽해야 몇십 년 후에 '비운의 천재를 기억하십니까'와 같은 신문 기사로만 그의 근황을 접할 수 있게 되어버리는 것이다.

틀에 박힌 훈련법이나 공부법, 그리고 '이 시기엔 이 정도만 해야 한다'는 고정된 관념은 천재가 가진 천부적인 창의성을 퇴색시키게 만든다. 주변에 그를 칭송하려 드는 사람이 많은 것도 좋지 않다. 과도한 추앙은 그 당사자를 나태하게 만들어, 성장에 있어서도 게으르게 만들기 때문이다. 또한 아무리 천재라 할지라도 실력 상승의 정체기가 오기 마련인데, 그때 연습하기가 조금 힘들고 어렵다고 해서 스스로를 포기해버리면 천재는 그 순간부터 박제되어 생명력을 잃어가기 시작한다.

반대로 훌륭한 습관, 근면함과 자기 확신은 범재를 천재에 버금가는 훌륭한 사람으로 만들어주기도 한다. 남들보다 늦은 나이에 뛰어난 업적을 남긴 사람들, 모두의 예상을 뒤엎고 천재들을 꺾은 사람들이 그를 증명한다. 그들은 건강한 습관을 유지하기 위해 남들의 곱절에 달하는 노력을 기울인다고 자랑스럽게 말하곤 한다. 물려받은 재능만큼이나 후천적인 습관과 노력이 중요한 이유가 바로 이것이다.

42

" 산에 오르는 가장 빠른 방법은
이곳이 산임을 잊는 것이다 "

- 프리드리히 니체 -

■ 도전에 도취하라

몸과 마음이 괴로운 일을 계속하는 것만큼 싫은 일이 없다. 이 일은 나를 힘들게만 한다는 생각에 자꾸만 그 일을 미루게 되고, 금방 해치울 수 있을 것 같은 업무량도 천근만근처럼 느껴진다. 하고 싶은 일이 아니라 하기 싫은 일을 하고 있다는 생각 때문에 마음은 갈수록 괴로워지기만 한다.

마음이 잘못된 곳에 쏠려 있는 것이 문제다. 직면한 어려움에 마음이 쏠려 있으니 당연한 것이다. 맡은 일을 잘 해내기 위해선, 어려움에 집중하기보단 지금 내가 행하고 있는 도전에 집중해야 한다. 또한 그 도전에 임하고 있는 나를 믿는 일에 집중해야 한다.

산에 오르는 가장 빠른 방법은 이곳이 산임을 잊는 것이다. 한 걸음 한 걸음을 내딛는 나의 다리만을 바라보는 것이다.

당신은 인생이라는 높은 산에 도전하고 있다. 산을 오르는 일은 당신에게 주어진 운명 같은 일이므로, 당신은 도전하고 있다는 사실에 도취되어야 한다. 도전을 통해 더 나은 사람이 될 거라는 기대감에 전율해야만 한다.

43

" 누더기는
빨아봤자 누더기다 "

- 프리드리히 니체 -

■ 내면을 꾸며라

분명 휘황찬란한 명품들로 온몸을 도배했는데, 이상하게 하나도 부럽지 않고 멋이 없게 느껴지는 사람들이 있다. 심한 경우에는 '나는 저렇게 다니지 말아야지' 하는 반감까지 들게 하는 사람들.

아무리 호화스러운 것들로 겉을 꾸며도 사람 자체가 별로면 그것이 비싸 보이지도 멋져 보이지도 않는다. 말쑥한 차림으로 더러운 말과 행동을 하거나 남을 깔보는 사람들을 보면 곧바로 저질스럽다는 말부터 튀어나오는 이유다. 그들은 좋게 봐줘야 졸부 그 이상도 이하도 아닌 것처럼 보인다.

깨끗이 빨아 입은 누더기는 비록 깨끗해 보이긴 하겠지만, 여전히 초라하다는 사실에는 변함이 없다. 그 말은 즉, 외부적인 것만으로는 내면의 문제를 해결할 수 없다는 말이다.

반면 성숙한 사람들의 내적인 매력들은 외부의 비루함을 상쇄하고도 남을 정도로 찬란하다. 입고 있는 옷이 수수하고 타고 다니는 차가 번쩍거리지 않는다고 할지라도 뱉는 말과 보여주는 행동 모두에서 품격이 느껴져서 모든 이로부터 멋진 사람이라는 찬사를 받는 것이다. 그런 사람들은 가진 것이 줄어든다고 해서, 그리고 세월이 흘러 얼굴 곳곳이 늙어간다고 해서 초조해하지 않는다. 내면에 있는 것들은 여전하기 때문, 어쩌면 디디욱 농익이 더 아름다워졌기 때문이다.

그러므로 당신에게는 외적인 꾸밈보다 내면의 성장이 필요하다. 독서와 명상, 진심으로부터 우러난 배려가 필요하

다. 그러한 내면의 업그레이드가 있어야 허영으로부터 초래
된 초라함을 벗어내고 오래도록 칭송받는 사람이 될 수 있
을 것이다.

44

" 잠은 중요하다 "

- 프리드리히 니체 -

■ 반성에도 때가 있다

삶이 너무 힘들 때 어떻게 해야 할까? 내 모습, 내가 하는 일, 무엇 하나 마음에 들지 않는데 제대로 된 이성적 판단조차 안 될 때는 어떻게 하는 것이 옳을까? 제대로 된 결론이 나올 때까지 반성에 반성을 거듭해야 하는 걸까?

반성은 같은 실수를 다시 저지르지 않게끔 하고 그럼으로써 나를 더 좋은 사람으로 만들어준다는 이점을 갖고 있지만, 한편으로는 우울감과 스스로를 한심하게 여기는 감정, 분노와 원망을 가져오기도 한다. 그리고 그렇게 부정적인 감정을 가져오는 대부분의 '나쁜 반성'은 주로 당신이 지쳐 있을 때 일어난다.

안 그래도 몸과 마음이 지쳐 있는데, 나쁜 반성을 통해 자신을 더 몰아세우면 상황은 더 악화되기만 할 뿐이다. 그러므로 당신이 진정으로 냉정한 반성, 득이 되는 반성을 하길 원한다면, 가장 먼저 해야 할 일은 충분한 휴식과 수면을 통해 감정을 평상시의 그것으로 만드는 일일 것이다. 반성을 통해 더 좋은 사람이 되기 위해선, 일단은 그 모든 나쁜 흐름의 원인인 피로감부터 무찔러줘야 한다는 말이다.

푹 자는 일은 숭고한 일이다. 우리는 수면에 대해 좀 더 경건해져야 한다. 수면 앞에서 겸손해져야 한다. 잔다는 것은 결코 쉬운 일이 아니다. 잠들기 위해서는 온종일 눈을 뜨고 있어야 하기 때문이다. 고뇌에 시달려야 하기 때문이다.

수면을 달콤하게 맞이할 수 있다는 것. 그것은 당신이 고생했다는 증거이다. 삶은 오늘로 끝나지 않고 내일도 모레도 계속된다. 기나긴 레이스에서 초반에만 힘을 쏟아부은

참가자는 낙오하기 마련이다. 오늘은 오늘의 일을 했으니, 이제 다시 충전하여 더 활기차고 훌륭해질 내일을 준비할 때다.

45

" 자신의 주인이 되어라 "

- 프리드리히 니체 -

■ 욜로를 해석하다

최근 들어 전 지구적으로 각광받고 있는 라이프 스타일이 있다. 바로 욜로(YOLO)이다. 욜로란 '당신의 인생은 한 번 뿐이다(You Only Live Once)'라는 영어 문장 속 앞글자들을 딴 용어로, 현재 자신의 행복을 가장 중시하고 소비해야 함을 강조하는 태도 및 흐름이다.

인생은 정말로 한 번뿐일지 모른다. 그러므로 매 순간을 행복하게 보내야 하는 것일지도 모른다. 하지만 사람에 따라서는, 이 욜로라는 라이프 스타일을 잘못 해석하고 있는 것 같다. 그렇다 보니 상대방의 사정을 제대로 알지도 못하면서 '하고 싶은 것은 일단 다 하고 보라'는 무책임한 충고가 판을 치고 있다.

하고 싶은 것을 다 하라는 말은 어쩌면 완벽한 타인만이 건넬 수 있는 조언이다. 하고 싶은 것을 다 하는 삶은 자칫 방탕한 일상으로 이어질 수 있고, 방탕한 일상은 소중한 삶을 나락으로 떨어뜨리는 첫걸음이 될 수도 있기 때문이다. 그러므로 나를 진심으로 위하는 사람이라면, 하고 싶은 것을 다 하라는 조언은 쉽사리 건네지 못할지도 모른다.

또한 오직 욕망에 자신의 의식 십 할을 전부 할애한다는 것은, 내가 나의 주인이 되는 것을 포기하겠다는 것을 뜻한다.

우리는 자제라는 단어를 머리로 이해한다고 해서 자제가 저절로 되는 것이 아니라는 걸 깨달아야 한다. 자제는 현실에서 행동으로 하는 것이다.

진정으로 삶을 건강하게 완성시키고 싶다면, 하루에 한

가지라도, 아주 작은 것이라도 자제할 것을 각오해야 한다. 그 정도로 작은 자제조차 해내지 못한다면 자제심이 없는 것이나 다름없으며, 자제심이 없으면 언젠가 마주할 커다랗고 중요한 일 앞에서도 자제심을 기대하지 못하고 결국 성공도 당신의 것이 될 수 없을 것이다.

　욕망이 이끄는 대로 끌려가지 말고 자신을 지배할 수 있는 사람이 되어야 한다. 자제한다는 것이야말로 자신의 욕망을 제어한다는 것이다. 내 삶의 방향키를 내가 쥐고 있다는 말, 한 번뿐인 인생을 제대로 살아가고 있다는 말이 되는 것이다.

46

" 즐겁게 배워라 "

- 프리드리히 니체 -

■ 즐거움은 어설픈 자의 것이다

"새로운 외국어를 배우기 시작했어."

"이것 봐, 이번에 새로 만든 거야."

보통 무언가를 새로 배우게 됐다고 말하면, 그를 들은 사람들은 정확히 두 부류로 나뉜다. '나이 먹고 무슨 주책이냐'라고 말하는 사람과 정말 잘 됐다며 진심으로 축하하고 응원해주는 사람으로 나뉘는 것이다. 특히 우리나라처럼 급속도로 경제 성장을 이뤄낸 경우엔 과정보다는 결과가 절대적으로 우선시되기에 삶의 어느 시점부턴 배우는 행위 자체와

배움이 가져다주는 즐거움이 통째로 등한시되곤 한다.

하지만 그 두 부류의 삶을 비교해 보면, 아이러니하게도 전자는 행복해 보이지 않고 후자는 행복해 보인다. 후자에 속한 그들 역시 언제나 새로움과 즐거움과 설렘이 넘쳐나는 삶을 영위하고 있기 때문이다.

물론 무언가를 배운다고 해서 처음부터 완벽하게 잘할 수는 없다. 하지만 그래서 즐거운 것이다. 외국어를 갓 배우기 시작해서 유창하지 못한 사람이 외국어가 유창한 사람보다 말하기를 더 즐긴다. 즐거움의 주인은 언제나 어설픈 사람이다. 무언가가 능숙해지고 손에 익는 순간 그 행위는 권태로워지기 때문이다. 운전이나 낚시가 누군가에게는 더없이 지루한 일로 여겨지지만, 사람에 따라서는 더없이 짜릿한 일로 여겨지기도 하는 이유도 그 때문이다. 그렇다. 시작한지 얼마 안 된 취미는 늘 엄청난 즐거움을 가져다준다. 그래서 사람은 배울 수 있는 것이다.

그것이 바로 어느 한 분야의 장인이 되지 못하더라도 그것을 배울 가치가 충분한 이유이다. 선진국의 중산층은 적어도 하나의 악기를 다룰 줄 알거나 한 개 이상의 외국어를 구사할 줄 알아야 한다고 주장하는 것도 아마 같은 이유에서일 것이다.

47

" 높은 곳으로 가려면
버려야 한다 "

- 프리드리히 니체 -

■ 진정한 미니멀리즘

미니멀리즘, 그러니까 자발적으로 불필요한 물건과 일을 줄여 본인이 가진 것에 만족하는 생활 방식이 각광받고 있다. 미니멀 라이프는 소비나 사용 시간을 줄이면서 남은 시간을 본인이 중요하게 여기는 것에 집중하여 사용할 수 있다는 점에서 꽤 효과적인 삶의 방식일 수 있다. 하지만 문제는, 그러한 삶의 방식을 필요에 의해서가 아니라 단순히 멋있어서 따라 하는 사람들도 있다는 점이다. 당신은 어느 쪽인가? 어째서 미니멀리즘을 추구하고 있는가? 만약 제대로 된 대답을 찾지 못했다면, 한 번쯤은 삶과 버림에 대해서 진지하게 통찰해 볼 필요가 있을 것 같다.

인생은 길지 않다. 이제 조금 어떻게 살아야 하는지 알 것 같다고 생각하는 순간 죽음이 코앞까지 찾아온다. 그러므로 우리는 다음이 아닌 지금 당장 무언가를 꾀하고, 꾀한 것을 실행해야 하는 것이다. 그리고 무언가를 새로 시작하려고 마음먹은 이상, 언제나 불필요한 것들은 발생하기 마련이다. 나는 그것들을 제때 버리는 것이 진정한 미니멀리즘이라고 생각한다.

물론 무언가를 시작하려고 마음먹을 때마다 무엇을 버려야 할지 고민할 필요는 없다. 노랗고 빨갛게 물든 잎사귀가 계절의 흐름에 따라 나무에서 떨어져 사라지는 것처럼, 당신이 열심히 그리고 착실하게만 행동하면 불필요한 것은 저절로 멀어지기 때문이다. 그렇게 우리의 삶은 더 나아지고 나아가며 담백해질 것이다.

당신의 미니멀리즘은 건강한가? 당신의 버림은 하고 싶은 것이 있고 더 나은 삶이 있어서 행해지는 버림인가? 그게 무엇이 됐든, 사상이나 태도를 좇는 데에도 건강한 동기가 필요한 법이다.

48

" 절대 완전히
긴장을 풀지 말라 "

- 프리드리히 니체 -

■ 가장 위험한 순간

자동차에 치일 확률이 가장 높은 순간은 언제일까? 우습게도 자신을 향해 돌진하는 자동차를 피한 직후, 그러니까 '나는 살았다'라고 한숨 쉬며 안심하고 있을 때다. 긴장을 완전히 풀어버린 나머지 뒤따라오는 차를 전혀 의식하지 못해 허무하게 치여버리고 마는 것이다.

축구 경기 역시 마찬가지다. 번쩍이는 감각과 갈고 닦은 팀워크를 통해 선제골을 넣으면, 팀원들은 '우리는 승리에 가까워졌다'고 생각한다. 그리고 그 찰나의 순간에 모든 팀

원의 긴장감이 녹아버려, 상대팀에게 수많은 빈틈을 보이게 된다. 그리고 이내 허무하게 동점 골을 내어주고 마는 것이다.

비단 사고 현장이나 축구장처럼 특별한 장소나 상황에서뿐 아니라, 직장과 같은 삶의 터전에서도 이는 시사하는 바가 크다. 어떤 문제나 불행을 잘 처리하거나 피한 후에 안도하며 긴장을 풀었을 때, 다음의 위험이 엄습할 가능성이 가장 높은 법이다. 그러므로 너무 크게 안심하지 마라. 다행이라는 감정을 경계해라. 당신을 위해서라도 그렇게 최소한의 긴장은 남겨둬야 한다.

49

" 어둠을 몸에 둘러라 "

- 프리드리히 니체 -

■ 카리스마의 기술

사람들은 자주 카리스마에 관해 착각한다. 조금이라도 더 위엄 있어 보일까 싶어서 자신의 주머니 속에 있는 모든 것을 테이블 위에 다 올려두기도 하고 자신의 업적을 자랑하고 자신이 지닌 능력으로 어떤 일을 해낼 수 있는지를 떠들어댄다. 하지만 당연하게도 사람들의 반응은 심드렁하다. 위엄을 느끼긴커녕 오히려 천박하다며 혀를 찬다.

그들의 카리스마는 잘못됐다.

진정 카리스마가 있는 사람으로 보이길 원한다면, 오히려 어느 정도는 자기 모습을 감춰주는 어둠을 몸에 둘러야 한다. 모든 것이 드러나지 않도록 주의하는 것이다. 그러면 나의 밑바닥도 단점도 약한 부분도 함께 숨겨져, 사람들은 그 끝을 알지 못해서 내게 두려움과 신비, 깊이감을 느끼기 시작한다.

누구라도 밑바닥이 보이는 물웅덩이보다는 끝이 보이지 않는 연못과 호수, 바다를 더 두려워하고 숭배하는 것처럼 말이다.

그대가 어떤 일을 능히 할 수 있는 것은,

다른 누구도 아니고 그대가 원하기 때문이다.

4장　　"초인"

50

" 허물을 벗지 못하는
뱀은 죽는다 "

- 프리드리히 니체 -

■ 새로워져야 한다

실험과 검증, 여러 사람의 경험으로 자신의 주장이 뻔히 잘못되었다는 것이 드러났음에도 주장을 굽히지 않는 사람들, '나는 원래 이렇다'는 말로 틀린 답을 계속해서 우기는 사람들이 있다. 그래도 말이 통하지 않는 경우, 그들은 자신이 지닌 지위나 위력을 이용해 주변 사람들의 동의와 동조를 강요한다.

물론 주장을 바꾸는 것은 쉬운 일이 아니다. 기존의 주장을 번복하는 일에는 옷을 바꿔 입을 때와 마찬가지로 일종의 정신적인 청결이 필요하기 때문이다. 그러나 어떤 인간들은 자기 안의 허영이 활개를 치는 바람에 자신의 주장을 버리기도 한다. 그동안 자신을 드높여줬던 알량한 권위가 주장을 바꿈과 함께 와르르 무너져버리진 않을까 하는 두려움이 있기 때문이다.

하지만 그들은 허물을 벗지 못하는 뱀은 죽음을 맞을 뿐이라는 사실을 모른다. 새로운 의견과 진실을 방해받은 정신도 마찬가지다. 새로운 의견과 진실을 받아들이기를 거부하는 정신은 더 이상 살아 있는 정신일 수가 없다.

나는 원래 이렇다, 이 사실은 절대 변하지 않는다는 말을 교리처럼 되뇌기만 해서는 안 된다. 우리는 매번 새로워져야 한다. 새로워지겠다는 다짐 없이는 진보도 없다. 주장을 바꿈으로써 권위가 무너질까 두려워할 필요도 없다. 사람들은 당신이 당신의 실수를 깨끗이 인정하고 새로운 의견을 받아들이는 모습을 보면서, 당신을 참된 지도자, 훌륭한 사람이라고 생각하며 오히려 당신을 더욱 존경할 것이다.

51

" 언제나 나의
가장 강한 적은 나였다 "

- 프리드리히 니체 -

■ 위대한 전쟁의 필요성

스포츠 경기에서 최고의 위치에 있는 사람들은 언제나 외롭다. 최고가 되기 전에는 언제나 1위를 놓고 다투는 경쟁자, 또는 1위에서 끄집어내려야 하는 앞선 사람이 있었겠지만, 맨 위에 올라선 뒤에는 자신보다 높은 곳에 있는 사람이 없어졌다는 사실에 막연한 공허함이 엄습하는 것이다.

이때 그 공허함을 현명하게 다루지 못하고 이리저리 흔들리는 사람들은, 그 최고의 자리를 오랫동안 지키지 못하고 하향곡선을 타기 시작한다. 열심히 해야 하는 이유, 투쟁해

야 하는 동기를 하루아침에 잃어버려 카리스마를 잃은 짐승
처럼 나약해지고 마는 것이다.

반면 다른 선택을 하는 선수들도 있다. 더는 자기 이외의
적수가 없으므로 그때부터 자신과의 싸움을 시작하는 것이
다. 그렇게 싸움을 즐기게 된 사람들은 아주 오랫동안 최고
의 이름을 지키며 전설로 남는다.

생각해 보면 언제나 나의 가장 강한 적은 나였다. 어제의
나를 이기지 못해 절망했던 날이 있었고 나태한 나의 마음
과 나쁜 습관 때문에 애를 먹었던 시절이 있었다. 그러므로
나는 더 나은 삶을 살기 위해 반드시 나를 이기고 내 빈 껍
데기들을 불태워버려야 한다.

누군가는 목적이 위대하다면 잔인무도한 전쟁마저도 거
룩해질 수 있다고 외치지만, 순서가 잘못됐다. 위대한 전쟁
만이 목적을 거룩하게 만들 수 있다. 나와의 위대한 싸움만
이 나의 삶을 찬란하게 만들 수 있다는 말이다.

살아야 한다. 살아서 나와 싸워야 한다. 나와의 전쟁을 일

으키고 승리해야 한다. 나 자신을 이기지 못한 기나긴 삶에
는 그 어떤 가치도 없다는 것을 나는 이제 잘 안다.

52

" 자유는 본능이다 "

- 프리드리히 니체 -

■ 당신은 전사다

자신의 삶을 사는 사람들은 모두 박수받을 만한 권리가 있다.

그들은 자유로운 사람들이다. 그들은 그것이 좋은 쪽이건 나쁜 쪽이건 언제나 책임에 대한 의지를 갖고 있다. 또한 그들은 그 무엇으로부터든 분리되기 위한 충분한 거리를 확보할 준비가 되어 있다. 살면서 수도 없이 마주하는 노고와 난관과 가난을 그다지 신경 쓰지 않는다. 삶에 대해 때로는 냉담하다. 눈앞의 문제를 해결하기 위해 자신을 포함한 타인들을 언제든 희생시킬 수도 있다고 생각한다. 즉, 자기 삶을 모든 것의 앞에 두는 것, 자신의 우주 안에서 최우선시하는 것이다.

그러므로 자유로운 삶을 살고자 노력하는 사람은 야성을 억누르지 않는 전사라고 할 수 있다. 선택받은 야성이 아니다. 우리 모두에게는 야성이 깃들어 있다. 다만 배려하고 참아야 한다는 관념에 필요 이상으로 짓눌려 그를 잊었을 뿐이다.

자유는 당신이 지닌 본능이다. 싸움에서 승리하고 싶은 본능, 기쁨을 누리고 싶은 본능이다. 그 본능이 지배하는 삶이야말로 인간이 추구하는 행복의 실체겠다. 누구든 자유로워지길 원한다면, 자기 자신부터 자유롭게 내버려 둬야 한다.

모든 것이 그대의 자유다. 그대가 어떤 일을 능히 할 수 있는 것은, 다른 누구도 아니고 그대가 원하기 때문이다.

53

" 강한 자들은
고통을 반갑게 여긴다 "

- 프리드리히 니체 -

■ 고통이라는 영양제

아무런 고통의 시간도 겪지 않고 강한 신체를 얻기란 불가능하다. 더 커다란 근육을 얻기 위해선 근육이 찢어지는 고통을 반드시 견뎌내야 하기 때문이다. 근육 성장의 원리는 근육에 운동 등의 자극을 줘서 근육섬유에 미세한 손상을 일으키고, 그 손상이 회복되면서 전보다도 더 성장한 근육이 완성되는 데에 있다.

마음 역시 마찬가지다. 사람을 크게 잃어본 사람이 이후에 더 능숙하게 사랑할 줄 알게 되고 크게 실패해 본 사람이 이후에 덮쳐오는 시시콜콜한 시련들을 대수롭지 않게 여기며 역경을 헤쳐 나갈 수 있게 된다. 단 한 번도 가난해 본 적 없고 힘들어 본 적 없는 사람은 결코 남의 본보기가 되지 못한다.

몸이 됐든 마음이 됐든, 인간은 고통을 먹고 자라는 존재라는 말이다.

공원으로 나가 무릎에도 닿지 않을 정도로 조그마한 나무들을 보면 복합적인 생각이 든다. 앞으로 엄청나게 성장할 저 나무는 과연 다가올 폭풍우를 피해야만 하는 것일까, 아니면 언젠가 다가올 폭풍을 기꺼이 온몸으로 받아들여야 하는 걸까?

많은 것으로부터의 분리와 거부, 증오와 질투, 불신과 불안, 탐욕, 난폭과 같은 역경이 없었다면, 인류는 도덕이나 행복과 같은 숭고한 것들을 깨닫지 못했을 것이다. 마찬가지로 저 작지만 거대한 잠재력을 지닌 어린나무도 퍼붓는 빗속에서 더욱 강인하게 자랄 수 있을 것이다.

사람을 해칠 정도로 강력한 외부의 고통도 결국 살아남게 될 인간에겐 고작 운동 또는 영양제에 불과하다. 그러므로 살아남은 자들, 강한 자들은 결코 고통을 아픔이라 부르지 않는다. 그저 반갑게 여길 뿐이다.

" 단 하나의 길을 걸어야 한다 "

- 프리드리히 니체 -

■ 나만의 삶을 사는 법

'흔한 가정에서 태어나 자람. 흔한 외모와 흔한 생가을 지 닌 사람이었음. 흔한 직장에서 흔한 사람을 만나 흔한 시간 을 보내고 별 볼일 없이 늙어가다가 이내 죽음을 맞음. 적당 한 두어 명의 사람들이 그를 추모하다가 이내 그들로부터도 잊힘.'

누가 됐든, 세상에 이와 같이 남들과 똑같은 그저 그런 삶 을 살고 싶어 하는 사람은 없다. 누구나 자기 삶 속에서는 자신이 주인공이기 때문이다. 하지만 앞서 말한 그저 그런 삶으로부터 탈출하는 사람은 극소수에 불과하다. 그저 그런 삶만을 살게 하는 안이한 행동양식으로부터 자유로워지는 일은 사실 무척 어렵기 때문이다. 특별한 삶을 살아가기 위해선, 무엇보다도 다른 사람들과 닮은 내가 아닌 독창적인 나 자신이 되어야 하고 지금 행하고 생각하고 욕구하고 있는 모든 것들은 사실은 진정한 내가 아니라는 내면의 외침에 귀를 기울여야 하기 때문이다.

쉽지는 않겠지만, 나에게 부족한 점을 보충하고 나로 하여금 먼 미래에 대해서도 확신을 품게 하고, 오늘의 나를 능가하고, 잘못된 욕구와 습관들이 교정되는 과정을 거듭해야 한다. 이 모든 과정이 내가 밟고 나아가야 할 길이 되어가는 모습을 지켜봐야 한다. 나의 진정한 본질은 내 내면에 숨겨져 있는 것이 아니라 이미 나를 초월해 버린 수많은 사건과 시간 위에, 아직 만나지 못한 자아로 나를 기다리고 있다. 미지의 길이 마련되어 있는 것이다.

세상에는 그렇게 나를 제외하곤 누구도 건널 수 없는 단 하나의 길이 있다. 우리는 두렵고 낯설더라도 그 길을 건너야 한다. 물론 그 길이 아닌 편한 길도 많다. 편한 길들은 앞서 지나간 많은 이가 이미 만들어둔 길이다. 하지만 그것은 그들이 함정처럼 깔아놓은 길로, 그 길을 건너면 내게 좋은 일이 일어나는 게 아니라 그들의 배 속만을 채우는 결과를 가져올 것이다.

사람들의 성공 팔이에 경도되어서는 안 되는 이유가 여기에 있다. 타인의 성공은 타인의 성공이다. 그들의 성공 공식을 대입한다고 해서 내가 성공한다는 보장은 없다. 그러므로 나만의 성공 방법과 나의 '왜?'를 찾아야 한다. 그렇지 않고서는 그 어떤 조그마한 성공도 손에 넣을 수 없을 것이다.

55

" 투쟁의 끝은 늘 아름답다 "

- 프리드리히 니체 -

■ 손해 보는 투쟁은 없다

내 영혼은 언제나 세상과 투쟁한다. 그럼에도 세상은 달라지지 않는다. 당연한 일이다. 개인의 영혼과 세상이 충돌했을 때 세상이 달라지는 일은 거의 일어나지 않을 테니까.

다만 달라지는 것은 세상이 아니라 나의 영혼이다. 영혼은 자신이 지나온 계단을 다시 거듭해서 오르는 법이 없다. 영혼은 그저 더 높이 올라가기를 갈망할 뿐이다. 반대 방향으로 움직이더라도 상관없다. 내려가면 내려갈수록 내 영혼은 더욱 깊어질 테니까.

그러므로 우리 투쟁의 끝은 아름답다. 앞으로도 아름답기만 할 것이다. 겉으로는 바뀌는 것이 없을지 몰라도, 우리의 내면은 투쟁할 때마다 새로워지고 나아지고 있다는 기쁨과 환희에 가득 찰 것이다.

" 창조가 곧 권력이다 "

- 프리드리히 니체 -

■ 만드는 사람이 되어라

나의 강함을 보여주기 위해 얼마나 많은 사람을 아래에 두었는지, 또 자신의 권한으로 어떤 일까지 할 수 있는지를 으스댈 필요가 없다. 권력과 지배만이 강자와 약자를 나누는 기준이 아니기 때문이다. 무엇을 '갖고 있느냐'에 따라 강자와 약자를 구분할 수 있다는 잘못된 고정관념 때문에 많은 사람이 약자로 타락하게 됐다. 사실은 약자로 취급받을 사람이 아닐 수도 있었을 텐데 말이다.

지배하는 자, 권력을 쥔 자, 많은 것을 가진 자가 강자가 아니다. 창조하는 자가 강자다.

　인간을 강자와 약자로 나누는 기준은 '그가 무엇을 창조했느냐'에 달렸다. 창조하는 자가 강한 자다. 새로운 것을 창조할 수 있는 자는 지금의 상황이 아무리 남루하고 비참해도 기어코 현실을 타개할 대책을 만들어낼 수 있으며 일의 흐름이 지지부진해진 상황에서도 세상을 바꿀 만한 기막힌 묘수들을 떠올린다. 그것은 아래에 얼마나 많은 수하를 두고 손안에 억만금을 쥐고 있다고 해서 가질 수 있는 능력이 아니다. 그렇기에 다른 무엇도 아닌 창조하는 자가 진정한 강자라고 말할 수 있는 것이다.

　오히려 아무리 힘이 강하고 다른 많은 것을 가졌다고 해도 남이 창조한 것을 자기 소유처럼 이용하면서 부끄러움을 모르는 자들이야말로 약자이며, 그런 자들을 진정한 의미의 노예라 지칭해도 좋을 것이다.

57

" 스스로 시련을
택해야 할 때가 있다 "

- 프리드리히 니체 -

■ 위험한 놀이

독서나 예술과 같은 쾌락을 통해 우리가 일정량의 지혜를 얻을 수 있는 것처럼, 고통을 통해서도 동일한 분량의 지혜를 취할 수 있다. 인류 역사 내내 고통은 쾌락과 마찬가지로 종족 유지에 필요한 가장 큰 원동력이었다. 만일 고통에 이와 같은 성질이 없었다면, 인류는 어떻게 해서든 고통 없이 살아가는 법을 연구했을 것이며, 그렇게 고통은 아주 예전에 그 모습을 감춰버렸을 것이다.

'올라타든가, 집어삼켜지든가!'

삶을 살다 보면 종종 그런 양자택일의 상황에 놓일 때가 있다. 중간은 없다. 둘 다 너무도 무모한 선택지이지만, 그래도 반드시 둘 중 하나를 선택해야만 조금이라도 살아남을 가망을 보장받는다. 마찬가지로 고통이라는 거대한 파도를 마주하게 된 인간은 '돛을 감으라'는 선장의 명령을 오히려 어기고 돛을 활짝 펴는 연습, 그러므로 파도를 향해 돌진할 수 있는 연습을 꾸준히 반복해야 한다. 그렇지 않으면 곧바로 저 고통이라는 이름의 거대한 파도가 그를 삼켜버리고 말 테니까.

고통을 생각했을 때, 우리는 최소한의 에너지로 생활을 유지하는 방법도 배우고 익혀야 한다. 흉작 이후에 다가오는 겨울을 대비해서 곡물을 아끼고 땔감을 비축해두는 것처럼, 어디선가 고통이 다가오는 것이 느껴지면, 그때부터 자신의 에너지를 조금씩 감소시켜야 하는 것이다.

삶이라는 거대한 폭풍이 우리를 향해 다가오고 있다. 우리는 이 폭풍을 헤쳐 나가기 위해 짐을 줄이고 과거의 윤택

함을 잊어야 한다.

사람은 그렇게 스스로 시련을 택해야 할 때가 있다. 그가
독립된 정신의 소유자라면 그 시기를 놓쳐서는 안 된다. 시
련을 회피해서도 안 되며, 이 위험한 놀이를 즐길 줄 알아야
한다. 그것이야말로 초인이 되어가는 과정일 것이다.

58

" 우연을 믿는 승리자는 없다 "

- 프리드리히 니체 -

■ 이길 수 있다는 확신

어느 스포츠 경기를 상상해보자.

치열했던 경쟁이 끝나고 마침내 승자가 가려졌다. 패자들은 고개를 가로젓고 승자는 기쁨의 환호성을 지른다. 장내 아나운서가 그에게 다가가 승리의 비결을 묻는다. 그러니 그는 활짝 웃다가 말고 이렇게 말하는 것이다.

"우연이었는데요!"

과연 당신은 이와 같은 식으로 말하는 승자를 본 적이 있는가? 아마 없었을 것이다. 우연을 믿는 승리자는 없다. 또 우연이라고 변명하지 않는 패자도 없다. 우연의 힘을 빌리지 않아도 승리를 거둘 정도로 노력한 사람만이 최고의 자리에 있을 수 있으며, 그들은 자신의 그러한 능력과 노력을 자랑스러워하기 때문이다.

우연에 의한 운명론을 비판한다. 인생의 방향과 결과는 우연이 아닌 개인의 노력과 의지에 의해 결정되어야 한다. 우연에 의해 자신의 운명이 결정된다고 믿는 것은 자신의 삶을 소외시키고 개인의 노력과 힘을 부정하는 것이다.

인생의 성공이나 실패는 개인의 선택과 행동에 따라 결정된다고 믿는다. 그러므로 우리에게 그 무엇보다도 필요한 덕목은, 인생의 주체가 되는 것, 자신의 운명을 직접적으로 통제하고 형성하는 것이다. 따라서 우리는 우연을 믿는 것보다는 자신의 노력과 의지를 믿고, 그것을 통해 승리를 찾아야만 한다. 우리 앞에 놓인 인생이라는 링, 트랙, 그라운드 위에서 말이다.

59

" 쉼 없이 노력하라 "

- 프리드리히 니체 -

■ **나는 나아지고 있다**

어느 무도인의 이야기를 인용한다. 한 사람이 모두로부터 칭송받는 어느 무도인에게 이런 질문을 던졌다.

"선생님께서는 어떤 상대가 가장 두려우신가요?"

무도인은 잠깐 생각하더니 이렇게 답했다.

"저는 만 가지의 발차기를 연습한 사람은 전혀 무섭지 않습니다. 하지만 한 가지의 발차기를 만 번 연습한 사람은 무섭습니다."

그의 말은 시사하는 바가 크다. 만 가지의 발차기를 수련한 사람은 겉보기에는 굉장히 강해 보일지 모른다. 수련하는 당사자 역시 매일매일 새로운 기술을 터득하는 것이 눈에 보이니 굉장한 뿌듯함을 느꼈을지 모른다. 하지만 그가 누군가와 대련을 벌였을 때, 매일같이 '새로 터득하는 일'에만 몰두했던 그는 자신의 기술 중 무엇 하나도 실전에 사용할 정도로 숙련되지 않았다는 사실에 낙담하고 말 것이다.

하지만 한 가지의 발차기를 만 번 연습한 사람은 정반대의 감정을 느꼈을 것이다. 겉으로 보기엔 똑같은 발차기였기에, 어떤 날에는 실력이 늘지 않고 제자리에 머무는 것만 같은 기분에 낙담하기도 했을 것이다. 하지만 누군가와 대련하게 됐을 때, 자신이 갈고 닦은 단 하나의 발차기가 장인의 수준에 이르렀다는 것을 깨닫고는 두려울 정도의 기쁨과 전율을 느꼈을 것이다.

겉보기에 치중하는 것이 아닌 본질에 집중하고 노력하는

사람이 정말로 강한 사람이다. 높은 곳을 향해서 끊임없이 노력하는 일은 결코 헛된 일이 아니다. 비록 지금 겉으로 보기에는 나아지는 것 같지도 않고 헛된 장난처럼 보일지도 모르지만, 조금씩 정상을 향해 나아가고 있는 것만큼은 분명하다고 스스로를 믿어줘야 한다. 오늘 그 정상은 아직 먼 곳에 있겠지만, 내일 조금 더 높은 곳을 향해 다가가기 위한 힘을 키울 수 있는 것이다.

부지런함과 나아짐을 믿는 사람들, 치열함을 믿는 사람들이 결국엔 이긴다.

" 시작해야 시작된다 "

- 프리드리히 니체 -

■ 0 이상의 가능성

모든 시작은 위험하다. 운전면허를 갓 취득한 사람의 첫 운전은 수많은 사고 가능성을 떠안고 있고 홀로 떠나는 해외여행에는 막연한 불안감과 지내던 곳과는 다른 곳으로 향하는 데에서 오는 실질적인 위험 역시 도사리고 있다. 지금 껏 내내 타인이었던 사람과 새로 맺는 관계에서는 상대방에 대한 무지 때문에 실수를 할 위험도, 그래서 의도치 않게 상처를 주고받을 위험도 도사리고 있다.

그러나 그게 무엇이 됐든, 위험할 것 같다는 이유로 시작하지 않으면, 정말 아무것도 시작되지 않는다.

가능성의 이야기를 하고 있는 것이다. 아무리 희박한 확률로 성사되는 일일지라도 일단 시작하면 '0 이상의 가능성'을 갖게 되지만, 아예 시작조차 하지 않으면 '0'이라는 명료하고도 허무한 확률만이 존재할 뿐이다. 그러므로 일이 잘 풀릴지 안 풀릴지 모르지만, 확률적으로 위험해질지도 모르는 것과 아무 일도 일어나지 않아서 비참해지는 것, 둘 다 마음에 드는 상황이 아니라면, 그나마 조금이라도 성공할 가능성이 있는 쪽을 선택하는 것이 맞지 않는가?

또 누군가는 '계획을 제대로 세우지 않았으니 시작할 수 없다'는 이유로 주저하고 있을지 모른다.

일단 계획은 실행하면서 다듬어도 된다. 계획 세우기만으로 인생을 끝마칠 수는 없지 않은가? 살아가는 이상 그 계획을 실행하지 않으면 안 된다. 그렇지 않으면 누군가의 계획을 실행하기 위한 도우미 역할만 맡게 될 뿐이다.

또한 계획을 실행하는 단계가 되면 어차피 어디선가는 여러 장애 요소와 일정의 차질, 분노와 환멸 등이 모습을 드러내는데, 우리는 그것을 하나씩 극복해 나가든가 도중에 포기하는 수밖에 없다. 애초에 완벽한 예상과 대비는 불가능한 것이다. 그러니 어렵게 생각할 필요가 없다. 일단 시작해 보고, 그 후 상황에 맞춰서 계획을 다시 다듬어 나가면 되는 것이다.

나는 당신이 0의 가능성보단 0보다 큰 가능성에 뛰어들 줄 아는 용감하고 현명한 사람이라는 것을 알고 있다.

61

" 두려워하면 지는 거다 "

- 프리드리히 니체 -

■ 기세가 필요하다

'더는 갈 길이 없다'고 생각하는 순간, 조금 전까지도 있었던 개척으로 향하는 길이 시야에서 느닷없이 사라지고 만다.

'나는 지금 위험하다'고 생각하면, 내 시선이 닿는 모든 곳에서 안전한 곳은 사라지고 내 발길이 닿는 모든 곳에는 초조함만 남게 된다.

'이것으로 끝이다'라고 믿으면, 그때부터 당신은 종말의

입구로 발을 내딛게 된다.

'어떻게 하지?'라고 물으면, 최선의 대처법을 찾기는커녕 그 어떤 답도 찾지 못하게 된다.

두려워하면 그길로 패배할 것이라는 말을 하고 있는 것이다. 적으로 둔 상대가 너무 강하고 전에 없던 커다란 곤경에 빠졌고 처한 상황이 더없이 나쁘고 역전할 수 있는 조건이 충족되지 않았기 때문에 패배하는 것이 아니다. 마음에 두려움을 품고 겁먹고 있기 때문에, 스스로 패배를 선택하게 되는 것이다.

그러므로 당신에게는 이기기 위한 능력도 전략도 필요하지만, 무엇보다도 기세가 필요하다. 지지 않는 강한 기세, 상대를 겁먹게 만들고 패퇴시킬 기세를 품어라. 오랫동안 잠들어 있던 야수성을 이제는 일깨울 시간이다.

62

" 비판이라는 바람이 필요하다 "

- 프리드리히 니체 -

■ 비판을 두려워하지 말라

타인의 의견을 필요 이상으로 두려워하는 사람들이 있다. 혼자 사유하고 글을 쓸 때는 누구보다도 행복해하다가도, 그 글을 돌려 읽거나 서로의 글을 합평해야 하는 순간이 다가오면 흡사 귀신이라도 목격한 것처럼 온몸을 떠는 것이다. 그들은 타인이 언제라도 자신을 물어 뜯기를 원하는 악한 존재라고 생각하는 것 같다. 안 그래도 자존감이 낮아서 두려운 상황인데, 타인의 비판에 의해 그나마 조금 남아있던 자존감마저 무너져버릴까 노심초사한다.

하지만 그들에게 말하건대, 건강한 비판은 악의적인 의심에서 나온 공격이나 고약한 의견이 아니다. 건강한 비판은 바람과 같다. 여름철에 만나는 바람은 이마를 시원하게 식혀주기도, 눅눅하고 찝찝한 곳을 말려주기도 하여 나쁜 것들이 창궐하는 것을 억제해준다. 그러므로 비판은 쉴 없이 들을수록 내게 좋다. 나의 지적인 갈망을 해소해주기도 하고 내 오랜 고민을 함께해주기도 할 테니 말이다.

곰팡이는 바람이 통하지 않는 축축한 곳에서 자라고 번식한다. 버려진 음식물이나 고여 있는 물도 마찬가지다. 이와 같은 일이 사람들이 모여 있는 조직과 집단에서도 일어난다. 비판이라는 바람이 불어오지 않는 갇힌 곳에서는 반드시 부패와 오염이 시작되는 법이다.

다른 누구도 아닌 당신의 건강한 발전과 영원한 번영을 위해 비판을 받아들여야 한다. 물론 처음에는 두렵겠지만, 나를 낫게 하는 어떤 주사와 약도 마냥 달콤하지만은 않다는 사실을 기억하면 두려움도 조금은 줄어들 것이다.

63

" 남에게 베풀어라 "

- 프리드리히 니체 -

■ 자기표현의 세 가지 방법

나는 나의 철학을 통해 몇 번이고 자기표현의 중요성을 제창했다. 자기를 표현함으로써 기존의 세계로부터 독립될 수 있고, 곧 그 독립이 초인으로 향해 가는 중요한 과정이 되어주기 때문이다. 또한 자기표현은 나에게 적개심을 품고 있을지 모를 타인과 세상에게 나의 힘을 나타내는 행위이기도 하다.

하지만 자신의 힘을 보여주는 행위라고 해서 오직 폭력적인 방법으로만 자기표현이 이루어지는 것은 아니다. 자기를 표현하는 일도 세 가지 방법으로 나뉜다. 비난하는 방법, 부수는 방법, 베푸는 방법이 그것이다. 방향은 다를 수 있겠지만, 위의 세 가지 방법은 자신이 지닌 힘과 마음을 상대방에게 가장 노골적으로 드러낼 수 있는 방법들이다.

상대를 괴롭히고 비판하거나 무시하는 것도 자신의 힘을 표현하는 방법, 상대가 다시는 나를 얕보지 못하도록 무참히 짓밟는 것도 힘을 보여주는 방법이다. 그리고 상대에게 사랑과 자애, 친절을 베푸는 것도 자신의 힘을 표현하는 방법이다.

당신은 어떤 방법으로 자신을 표현하고 있는가? 세상은 절대 혼자서만 살아갈 수 없다는 것을 알고 있다면, 이미 당신은 올바른 결론을 내린 뒤일 것이다.

64

" 나만의 답을 찾아야 한다 "

- 프리드리히 니체 -

■ 그 성공 노하우는 틀렸다

부자가 되는 방법을 담은 책은 우리를 부자로 만들어주지 않고, 위대한 생활 습관을 만들어주는 강의를 들어도 우리는 좀처럼 위대해지지 않았다. 마찬가지로 수많은 방법론을 담은 책을 읽어도, 유명한 경영자나 현자의 가르침을 손에 넣는다고 해도 나에게 맞는 방식과 방법을 찾을 수는 없었다.

그러므로 때때로 우리는 낙담하기도 했지만, 사실 이는 당연한 것이다. 천국으로 칭송받은 휴양지도 누군가에겐 불쾌한 장소로 여겨지고 만병통치약이라 일컬어지는 약도 사람에 따라서는 독약이 될 수 있다. 그렇게 먹는 약 하나도 그 사람의 체질에 맞지 않는 경우가 있는데, 심지어 타인의 삶의 방식이 자신에게 맞지 않는 것은 전혀 의외의 일이 아니다. 오히려 당연하다고도 생각된다.

당신이 성공하지 못하고 있는 원인은, 당신이 당신만의 '왜?'에 대하여 전혀 깨닫지 못하고 있기 때문이다.

당신은 왜 그것을 하고 싶어 하는가?
왜 그렇게 되고 싶은가?
왜 그 길을 가고자 하는가?

이러한 물음들에 단 한 번도 깊이 사유한 적이 없다면, 당신은 앞으로도 성공에 이를 수 없을 것이다. 마음속으로부터 들려오는 '왜?'라는 의문에 명쾌하게 답할 수 있는 당신이 되어라. 그러면 삶을 둘러싼 모든 일들이 매우 간단해질 것이다. 남은 일은 그저 내게 주어진 그 길을 걸어가는 것, 그뿐이다.

65

" 가끔은 멀리서
나를 봐야 한다 "

- 프리드리히 니체 -

■ '나'에서 '제삼자'로

'나는 실수할 수 있지만, 당신은 실수해선 안 된다.'

'나에게는 로맨스이지만, 당신이 저지르면 불륜이다.'

'이 정도 실수는 나에겐 추억이지만, 당신의 그 정도 실수는 범죄다.'

많은 사람이 그와 같이 자신에게는 너그러우면서도 타인에게는 엄격한 잣대를 들이대곤 한다. 우리의 마음속에서는 어째서 이처럼 편협하고 졸렬한 작용이 일어나는 걸까?

바로 스스로를 볼 때는 나를 너무 가까운 거리에서 바라보고 있으면서, 타인을 볼 때는 그를 너무도 먼 곳에 두고 커다란 윤곽만을 보려 하기 때문이다.

가끔은 이러한 거리 감각을 반대로 적용하고 나와 남을 바라볼 필요가 있다. 그렇게 차분히 타인을 관찰하면, 그는 그만큼이나 큰 잘못을 저지른 사람이 아니게 된다. 또한 잘못을 저질렀다고 하더라도 나름의 사정과 휴먼 드라마가 있는 사람으로 보이기 시작한다. 나 역시 마찬가지다. 나를 멀리에 두고 보면, 나 역시도 타인만큼 너그럽고도 흔쾌하게 수용할 수 있는 존재가 아니라는 사실을 깨닫게 되며 반성의 시간을 갖게 되는 것이다.

66

" 더 기뻐하라 "

- 프리드리히 니체 -

■ **항상 부족한 것**

삶은 투쟁의 연속이지만, 그 투쟁의 끝에는 언제라도 기쁨이 있어야 한다. 투쟁이 나를 성장시킨다곤 하지만 언제나 고통을 동반하는 것은 사실이며, 언제까지고 고통스러워만 할 수 있는 사람은 어디를 둘러봐도 없기 때문이다.

그러므로 우리는 기뻐해야 한다. 오늘 주어진 기쁨의 재료를 한껏 만끽하며 기뻐해야 한다. 혹 오늘치의 기쁨의 재료가 한없이 사소한 것이라고 할지라도 한껏 기뻐하라. 기쁨 역시 오늘 당신에게 주어진 어엿한 여러 의무 중 하나라고 생각하라.

당연한 이야기지만, 기뻐하면 기분이 좋아질 뿐 아니라 몸과 마음의 면역력도 강화된다. 살면서 좋은 일만 있을 수는 없을 테고 지금 이후의 언젠가는 슬픈 일도 나를 덮쳐오겠지만, 지금 힘껏 기뻐하면 그 슬픔도 지금의 기쁨에 의해 별것 아닌 슬픔으로 흐릿해질 것이다.

그러니 부끄러워하지도 말고 참지도 말고 양보하지도 말고 마음껏 기뻐하라. 웃어라. 배를 잡고 웃어라. 가끔은 마음이 이끄는 대로 어린아이처럼 행동하며 기뻐하라.

온갖 잡념을 잊을 수 있는 가장 쉬운 방법, 타인에 대한 혐오와 증오를 묽게 만들 수 있는 가장 평화로운 방법, 주변 사람들에게 즐거움을 줄 수 있는 가장 빠른 방법은 기뻐하는 일뿐이다.

기뻐하라.

이 인생을 기뻐하라.

계속 즐겁게 살아가라.

니체 인생수업

: 니체가 세상에 남긴 66가지 인생지혜

© 프리드리히 니체 저 | 김지민 엮음

초판 1쇄 • 2024년 3월 21일
초판 5쇄 • 2024년 8월 29일

지은이 • 프리드리히 니체 저 | 김지민 엮음
펴낸이 • 김영재
마케팅 책임 • 염시종
디자인 • 염시종
제작처 • 책과6펜스
펴낸곳 • 주식회사 하이스트그로우
출판등록 • 2021년 5월 21일 제2021-000019호
이메일 • highest@highestbooks.com

ISBN • 979-11-93282-06-9